文春文庫

ぼくは勉強ができない

山田詠美

文藝春秋

目次

四半世紀後の秀美くん

『ぼくは勉強ができない』の初出を見て驚いてしまいました。なんと「新潮」1991年5月号とあるではありませんか。四半世紀近くも前のことです。主人公、時田秀美が登場してから、そんなにも長い月日が流れていたとは！　おりに触れ、さまざまなところで取り上げられ続けて来た幸福な作品でしたから、常に作者の身近にあり続け、時が経って行くのをすっかり忘れていました。そう、まるで、当り前のように、いつも側にいる身内のような感覚でいたのです。

始めは、わんぱく坊主の成長過程をスナップショットのように切り取って描いてみたらどうだろう、と軽い気持で思ったのでした。元々、北杜夫さんなどの大先輩たちによって書かれた旧制高校の雰囲気に憧れていました。私なりに、ああいった青春記風のイメージを取り入れて……などと考えていたら、わくわくしてしまい、まるで学校という舞台を手玉に取ったストーリーテラーのような気分で着手したのですが、書き進めば進むほど、最初に意図していたのとは違うものになって行くのです。わんぱく坊主の成長過程を描写するという作業は、思惑通りに進行するのですが、同時に、何か別な負荷をかけられているような感じが付きまとう。それはいったい何ぞや、と首を傾げながら書いている内に、ふと気が付いたのです。私は、この仕事で、時田秀美を描きながら、自分の十代をすくい取ろうとしている、と。それも、とても必死に、とても真摯に。大人になってから、ようやく出来るようになった、そのこと。甘苦い思いと共に、今、細心の注意を払いつつ掘り起こして文字に移し変えようとしている。

こういう時なのです。小説書きが、仕事であって仕事でないものに変わるのは。自分の人生においてのかけがえのないミッションのためにペンを走らせる瞬間。夢中になって書きました。大切なことを言葉にする術をまだ持たずに途方に暮れていたあの頃のことを。時代が移り変わっても、結局は、少しも色褪せなかったさまざまな事柄についてを。

自分の知っていることを書こうと思いました。ティーンネイジャーと呼ばれる年頃を妙に美化することも、つたなさを強調して卑下することもなく、私が受け止めて来たもののいくつかは、いつの時代の十代にも普遍的であると信じて書きました。それらから抽出された共通の宝物は確実にある筈だと。

すると、どうでしょう。私が、自分の十代を探り言葉を拾うたびに、時田秀美という少年の輪郭がくっきりと浮かび上がり、その内に、彼は生き生きとした様子で動き回り始めたではありませんか。

私の内で、長いこと留め置かれていた高校時代が、まったく別の登場人物とディテイルを携えて息を吹き返したのでした。それは、まるで、自分の心の中に、もうひとつの世界があるような感じ。そして、私は、いつも、その一部始終を観察し、記録している。最初の一話を書いてから、私は、ずっとずっと、そのパラレルワールドと生きて来たような気さえしているのです。

身に余る光栄と言わねばなりませんが、時田秀美は少なからぬ方々に愛されて来ました。ある時は、料理屋のおかみさんに孫の手本にさせているのよ、と言われたり（このわたの小鉢をサーヴィスしてもらいました）、また、別な時には、息子に秀美と名付けました、と打ち明けられたり、彼氏の誕生日のプレゼントにしたという女子も多数。学校の課題図書になることもありました（いくつかのエピソードは中高生には不適切と思いますが）。そして、ついには、女性誌で特集が組まれるまでに。題して、「あなたの時田秀美はどこにいる？　〜その魅力探究」。ああ……少しまずいな、と思いました。だって、いい気になって増長してしまうではありませんか。誰が？　私が。そして、私の筆により息を吹き込まれる時田秀美が。

「ええ、もちろん調子に乗りかけました。だって、突然もてはやされて、まさかと思った映画化までされるんですから。いや、結構すごかったんですよ。もう、気に食わない秀才に、でも、おまえ、女にもてないだろ、なんて言って嫌がらせをしている場合じゃあなくなりました。洒落にならなくなったというか。本当にもてるようになるのって、気をつかって大変なんだなと思いました。それまで、野放図に感じたままを口に出していたから、ずい分と注意深くしなくては、ただの嫌味な奴になる、とびくびくしてしまったくらいです」

——もてているのは解ったんですね？

「当り前です。解らなきゃ馬鹿だし、気付かないふりして快活に装ってたら、ぼくの苦手だった山野舞子みたいになっちゃう。そんなことを考えていたら、何だか挙動不審になっちゃって。あーいかん、自然体、自然体、と自分を取り戻しかけたんですが、すかさず、そういうぼくの態度を見咎めた幼な馴染みの真理が言うんです。自然体を装うほど不自然なことはないって。特に、もてている時期の男が自然体を装って好感度を上げようとするほど、浅ましく愚かなことはないって」

——きついですねえ（笑）

「でしょ？　あいつ、親友にしたいくらいたいした女なんだけど、口が悪過ぎるんです。あの辛辣なもの言いに、どれほどカチンと来たか解らない。秀美がもててるのは一過性なんだから、今の内だけ調子に乗ってしまうといいわ、なんて言うんです。そして、周囲の熱が引くのと同時に夢から覚めるのよ、だって。あ、でも、桃子さん……その当時付き合っていた年上の彼女なんですが、その人はこう言ったんです。問題は、どのくらいもてているかじゃなくて、どのようにもてているかよって。あなたは私から、すごく良いもて方をしてるんだもの、それでいいじゃないって。本当にそうだと思った。別れた今でも、秀美くんのファンよって言ってくれるんですが、あの頃のようには彼女からもててないんだなあ、と思うと、せつない気分になっちゃいますね」

——結局、調子に乗りかけただけで、いい気にはならなかったんですね。

「ぼくのまわりの女共……じゃないや、女たちは、ぼくを絶対にいい気にさせないんです。でも、たまには偉ぶりたい時だってあるじゃないですか。ぼくが、うっかりそういう物言いをすると、まず最初に母が意地悪くたしなめる。誇り高くいるのと、偉そうにするのは全然違うのよ、とか何とか。あと、あの人と仲の良い、会社の後輩の夏美さんとか、担当している作家の山田さんとか。寄ってたかって、ぼくを戒めて諭そうとする。その好き勝手な意見の数々といったら！　それなのに、彼女たちと来たら、ただでいい男になるためのレッスンを受けさせてやってるのよ、と言って譲らないんです」

――お母様は、編集者でいらしたとか。

「文藝編集者です。結構名物編集者だったみたいですよ。あ、あの永山翔平とも仲良くて、担当者の夏美さんと一緒に、よくぼくの家に遊びに来てました。母はずるいんですよ。山田さんが夏美さんをモデルにして書いた『A2Z《エイ・トゥ・ズィ》』という小説の中で、自分も登場させてもらっているもんだから、有頂天になって。自分こそ、ものすごくいい気になっていたんです。脇役のくせに、ヒロイン気取りで、うちの面倒臭いことはぼくと祖父に全部押し付けて、若い恋人と遊んでました。私が幸せじゃないと、あなたたちも幸せじゃないでしょ？　とか言って……まあ……それ事実だから仕方ないですね。あの人は、昔から、そして今でも、かけがえのない人に対してどうすべきかを行動で示してくれたな。相手に絶対に負担をかけないような愛情表現を教えてくれました。悔しいけど、ぼくの心に綺麗な部分や味わい深い風味が少しでもあるとしたら、それらは確実に、あの人が埋め込んだピースから出来ている」

――お母様、小説に登場してらっしゃるんですか……

「ぷ、なーに言ってんですか、山田さん。あなたが書いたんでしょ！」

そうでした。そして、私の最新刊である『賢者の愛』には、時田秀美も登場するのです。どのような局面でかって？　それは、どうかぜひぜひ、お読みになって下さいませ。

新刊サイン会の際には、大勢の方々に並んでいただきました。美しい女たちと、粋な男たち。いつも、そうなんです。そういう読者に恵まれたことは、作家冥利に尽きるといつもいつも思います。ほんと、毎回、涙が出そう。

『賢者の愛』を差し出したハンサムなゲイの男の方が言いました。

「ぼく、時田秀美が初恋の男だったんですよ！　待ってました、秀美くん!!」

そういう御意見、多数あり。時田秀美は健在です。

二〇一五年三月

山田詠美

挿画　竹田嘉文

ぼくは勉強ができない

ぼくは勉強ができない

クラス委員長は、ぼくと三票の差で、脇山茂《わきやましげる》に決まった。彼は、前に出て挨拶《あいさつ》をするために立ち上がった瞬間、振り返り、ぼくの顔を誇らしげにちらりと見た。相変わらず仕様のない奴《やつ》だなあと、ぼくは思う。彼は、ぼくが忌々《いまいま》しくてたまらないのだ。

「えー、皆さんに選出されて、委員長を務めることになった脇山です。まだ慣れないクラスの皆さんが、ぼくを選んでくれたことは、大変光栄で……」

光栄も何も。ぼくは、頬杖《ほおづえ》をつきながら、ぼんやりと彼の挨拶を聞いていた。皆、彼の名前が、試験の成績発表で常に一位の場所に載っているから、書いただけだ。クラス委員長が誰になろうと知ったことではないのだ。それなのに、彼は、頬を紅潮させて、喋《しゃべ》りまくっている。委員長をやると、進学に有利なのだろうか。あれ？大学受験に内申書なんてあったっけ。

クラス委員長を決める時期になると、ぼくは、小学校五年生の時のホームルームを思い出す。その時も、やはり、投票で委員長を決めることになっていたが、転校して来たばかりで、あまり事情の解《わか》っていなかったぼくは、教壇の前の席のおっとりとした様子の女の子の名前を書いた。なんだかやさしそうに見えたからだ。そのことが、まるで重大事件のように扱われるとは予想もしていなかったのだ。

開票が進み、その女の子の名前が呼ばれた時、黒板に向かって、正の字を書いていた生徒は信じられないという様子で後ろを振り返った。クラス全員の子たちが、くすくすと笑い始めた。ぼくは、何がどうなっているのやら、さっぱり解らずに、あたりをきょろきょろ見渡した。その瞬間、担任の教師は立ち上がり、大声で怒鳴った。

「誰だ！　伊藤友子の名前を書いた奴は⁉」

皆、くすくす笑うばかりだった。ぼくは、すっかり仰天してしまったのと、腕力の強そうな男の教師に怯《おび》えたのとで、返事をする機会を失ってしまった。

「誰だか手を上げろと言ってるんだ！　ふざけるにも程があるぞ‼」

ふざける？　ぼくは、混乱して、その言葉を頭の中で反芻《はんすう》した。伊藤友子の名を書くことは、ふざけたことなのか？　クラス全員が委員長になり得る、そういうことから、投票で決めることになっていたのではなかったのだろうか。

教師が怒鳴っている間、伊藤友子は、ずっと下を向いたきりだった。肩が震えているように見えた。ぼくは、小声で隣の席に座っている男子生徒に尋ねた。

「ねえ、どうして、伊藤さんの名前を書いちゃ駄目《だめ》なんだい」

彼は、迷惑そうに答えた。

「馬鹿《ばか》だから」

その瞬間、教師は、ぼくたちに目を止めて、再び怒鳴った。

「そこ!!　何、喋ってる。もっと真面目《まじめ》にならんか！」

　隣の生徒は、ぼくに向かって舌打ちをした。ぼくは、肩をすくめていた。教師は腹立たしげに音を立てながら、教室じゅうを歩き回った。

「先生は悲しいよ。皆に行動力をつけさせ、自立心を養うために、クラス委員長を選挙で決めてるというのに。それをふざけた態度で、馬鹿にするとは。投票はやり直しだ。二度目は、自分の名前も横に書くこと。委員長、副委員長、書記、その横に、自分の名前を書いて、記入すること。解ったね」

「解りません」

　教師の足が、ぼくの言葉で止まった。ぼくは、小さく呟《つぶや》いただけのつもりだったが、その反対を主張する言葉は予想外に響いてしまったようだった。教師は額に筋を浮き立たせて、振り返った。

「誰だ!!　今、解りませんと言った奴は!!　立て！」

　仕様がなくぼくは立ち上がった。クラスじゅうが、ざわめいた。

「時田か。転校して来たばかりで、この学校のことを何ひとつとして解っとらんくせに。で、どうして、解りませんと答えた？　それを説明してみなさい」

「だって、伊藤さんの名前を書いたのは、ぼくだからです」

　一斉《いっせい》に驚きの声が上がった。信じらんなあい。そういう叫びにも似た声が、ぼくの耳に突き刺さった。

「……おまえだったのか。しかし、何故《なぜ》だ。転校して来たばかりとはいえ、誰を選んで良いのか、おまえにも区別はつくだろう。それとも、茶化してみたかったのか」

「そうではありません」

「じゃ、まだ友達が出来なくて、事情が飲み込めてなかったんだな」

「そういうんでもないです」

「じゃ、何なんだ」

「伊藤さんが、クラス委員長でも良いと思ったからです」

「なにい⁉」

再び、笑いの渦《うず》が起こった。

「きさま、このクラスをなめているのか」

「なめてません。先生、どうして、伊藤さんでは駄目なんですか？」

教師は、言葉に詰まって唇《くちびる》を歪《ゆが》めた。

「……じゃ、おまえは、何故、伊藤が相応《ふさわ》しいと思ったんだ」

「親切そうだからです」

誰もが笑い転げた。中には、机を叩《たた》いているものもいた。ぼくは、憮然《ぶぜん》としたまま、教師をにらみつけていた。訳の解らない怒りが、ぼくの心に急速に湧《わ》いて来たのだった。

「まあ、いい。時田は、転校生で何も解らんのだ。皆、投票をやり直す必要はない。どうせ一票ぐらい無効があったって、結果には変わりないのだ。丸山、残りのやつを開票しなさい。時田は座ってよろしい。今後、注意するように」

そうは行かなかった。ぼくは、伊達《だて》に、十一年間生きて来たのではないのだ。ここで引き下がるのは恥だ。ぼくの母は、いつも、格好の良い男になるのよ、と、ぼくを諭《さと》してくれたのだ。

「先生は、ぼくの質問に答えていません」

「何？」

「どうして伊藤さんでは駄目なのですか」

「…………」

「勉強が出来ないからですか？」

教師は答えなかった。ぼくを完全に無視したまま、丸山という前回の委員長に、残りの票を読み上げるよう促した。伊藤友子の名は、もう呼ばれることはなかった。ぼくは、仕方なく腰を降ろしたが、気持は暗かった。前に目をやると、机に伏せて鼻を啜《すす》っている伊藤友子の姿が見えた。ぼくは、この時、初めて、大人を見くだすことを覚えた。

「それでは、副委員長は女子から、黒川さん、書記は、二番目に票の多かった男子と女子から一名ずつ、時田くんと、沢田さんになります」

ぼくは、我に返って黒板を見た。その前で、利発そうな女生徒が挨拶をしていた。額が綺麗《きれい》だなあとぼくは思った。まだ処女かなあ。十七歳。ぼくは、とうに、女と寝る経験をすませている。黒川礼子という女生徒のうなじや唇に心を奪われていると、いつのまにか、ぼくの名が呼ばれた。くすくすと笑い声が洩《も》れる。いつも、そうなのだ。ぼくが、何か行動を起こす段になると、女の子たちの好意的な笑いが周囲に巻き起こる。そして、ぼくは、それが大好きだ。

「時田秀美《ひでみ》です。最初に言っとくけど、ぼくは勉強が出来ない」

生徒たちは笑い転げた。ぼくは、どうしてうけちゃうのかなあと呟いて頭を掻《か》いた。

「おまけに字も下手だ」

益々《ますます》、皆、笑い続けた。

「それなのに、どうして、ぼく、書記なんかになっちゃうの」

誰もやりたくないからよ、という声が飛んだ。ぼくは、その声の方を指差して言った。

「違う。ぼくが人気者だからだ」

担任の桜井先生が笑いながら、ぼくに言った。

「おい、時田、冗談は、そのくらいにしておけ。おまえが、勉強出来ない人気者だってのは、皆、もう知ってる」

ぼくは、先生を見て肩をすくめた。誰もが笑っていた。もちろん、めでたく委員長になった脇山をのぞいては。彼は、ぼくの言葉を耳に入れるのも嫌《いや》だというように不愉快な顔で下を向いていた。

「桜井先生がそうおっしゃるので、ぼくは席に着きます」

ぼくは、そう締めくくり、一番後ろの自分の席まで歩いた。途中、脇山が、ぼくに小声で囁《ささや》いた。

「勉強出来ないのを逆手に取るなよな」

ぼくは、彼を無視して席に着いた。開けられた窓から春の風が吹き込み、ぼくは心地良さに目を細める。ぼくは日曜日に、祖父と釣《つ》りに行くべきか、母の買い物につき合うか、恋人の桃子さんとセックスをすべきかの楽しい選択に心を悩ませながら放課後を待ちわびた。そこに父との予定は、もちろんない。ぼくは、父親の顔すら知らないのだ。

授業が終わり、ぼくがサッカー部の部室で着替えていると、桜井先生がドアを開けた。彼は、サッカー部の顧問をしているのだ。

「先生、ドア開ける時はノックしてくださいよ。マネージャーの女の子かと思ってあせっちゃったよ」

「馬鹿、女ぐらいであせるな」

「はい、そうでした。ところで、今日は、先生、きちんと練習見てくれるんでしょうね」

「何だ。いつも見てるじゃないか」

「でも、ぼくたちが走ってる時、先生、いつもベンチに座って本読んでるじゃないですか。だから、うちの高校、いつまでたっても、弱いんですよ」

「そうか、すまない。ところで、練習終わった後、おまえ暇か」

「暇ですよ」

「ラーメンでも食ってかないか」

「御馳走《ごちそう》してくれるんならいいですよ」

桜井先生は、にやりと笑ってOKのサインを出した。ぼくは部室を出て行く先生の後ろ姿を見詰めながら、いい奴だなあと思った。

年上の男、しかも教師に向かって、いい奴とは、とても無礼だと、ぼくも思う。しかし、ぼくは、彼が好きなのだ。第一、いい顔をしている。美形というのではないが、味わい深い顔というのだろうか。おまけに、女にもてる。女生徒の中には憧《あこが》れている者も多い。ぼくは、いい顔をしていて女にもてる男を無条件に尊敬する。ぼくは、教師の言うところの複雑な家庭環境の中で育って来たから、他の人々と価値観が違うのだ。

誰を愛したのか知らないけど、ぼくの母は、ぼくを産み、自分好みに、ぼくを育てた。母の父親、つまりぼくの祖父と、おもしろがって、ぼくを育てたように思える。もちろん世間の荒波というやつをくぐり抜けて、大変な苦労をして来たのだろうが、その苦労がちっとも身についていないのだ。週末には化粧をして、派手なドレスを着て、ぼくに誉《ほ》め言葉《ことば》を強要した後、男と出掛けて行く。祖父は祖父で、散歩の途中に出会うおばあちゃんに、しょっ中恋をして、ぼくに相談を持ちかける。デートの前など、ぼくのヘアムースを勝手に使いおめかしをするのだ。もう髪の毛なんかないくせに。そして、いつもふられて人生を嘆いている。いったい、あなたには、老境というものがないのか、と、ぼくは叫びたい。けれど、老いてますますさかんというのが彼の信条らしいのだ。素晴しき淫売《いんばい》とくそじじいぶりのぼくの家族である。

こんなぼくが、他人様《ひとさま》と同じような価値観を持てると思うか⁉　答えは否《いな》である。ぼくだって、普通の家庭に育ってみたかったと思うこともある。けれど、脇山みたいに育ってしまったら、何かがおしまいになるように思う。それが何だかは説明出来ないのだが。しかし、彼が、ぼくを嫌《きら》っている程には、ぼくは彼を疎《うと》ましく思っている訳ではない。だいたい、知能指数がぼくよりも数段上なのだから、対抗しても無駄なような気がする。彼にとっては、試験の成績を上げるというのが一種の快楽なのだろう。その快楽だけを追求していれば良いのに、ぼくを目のかたきにしようとするから、こちらもからかってみたくなるのだ。憎しみも恨みもぼくにはないぞ。しかしね。ぼくは思うのだ。どんなに成績が良くて、りっぱなことを言えるような人物でも、その人が変な顔で女にもてなかったらずい分と虚《むな》しいような気がする。女にもてないという事実の前には、どんなごたいそうな台詞《せりふ》も色あせるように思うのだ。変な顔をしたりっぱな人物に、でも、きみは女にもてないじゃないか、と呟くのは痛快なことに違いない。

ぼくは、桜井先生の影響で、色々な哲学の本やら小説やらを読むようになったが、そういう時、必ず著者の顔写真を捜し出して来て、それとてらし合わせて文章を読む。いい顔をしていない奴の書くものは、どうも信用がならないのだ。へっ、こーんな難しいこと言っちゃって、でも、おまえ女にもてないだろ。一体、何度、そう呟いたことか。しかし、いい顔をした人物の書く文章はたいていおもしろい。その反対は必ずしもなりたたないのが残念なところである。

「おまえ、そりゃちょっと極端な発想じゃないか？」

ラーメンを啜りながら桜井先生が言った。

「そうですか。でも、先生だって女の子にもてるでしょ」

「そうでもないぞ。先生は、セックスがあまり強くないからな」

「強いって長時間出来るってことですか？」

「うん、まあ、そうだな」

「でも、うちの母の言うことには、時間が長いか短いかってのは、あまり関係ないんですって」

「いいお母さんだな。彼女美人だし」

「でも、やっぱり、規定の時間以上ってのはあるみたい。一分ぐらいで終わっちゃうのは問題外ですよ」

「そうか。五分ではどうだ」

「ぼくは桃子さんとは一時間出来ます。彼女、きちんとコントロールしてくれるから。先生も年上の女性とつき合ってみたら？　上手ですよ。母が言うには、若い女とセックスして喜んでる男なんてろくなもんじゃないんだって」

「悪かったな」

桜井先生は、眼鏡を曇らせながら、丼《どんぶり》を抱えていた。やっぱりいい顔してる、とぼくは思う。こんな人に、でも、あんたセックス弱いじゃない、と言う女はいないだろう。少なくとも、思いやりある人間の出来た女なら。

家に帰ると、祖父が台所に立っていた。

「おじいちゃん、母さんは？」

「おお秀美か。仁子《じんこ》は出掛けたよ」

「どこに？」

「知らん。しゃぶしゃぶを御馳走になって来ると言っていた。おまえ、腹へってないか」

「ラーメン食って来たけど、またおなかすいて来た。おじいちゃん、何作ってるの」

ぼくは、祖父の手にしているフライパンの中を覗《のぞ》き込んだ。そこには、目玉焼が二つ並んでいた。

「これ夕飯なの？」

「そうだよ。一個ずつ食べよう」

「えーっ、ぼくも、しゃぶしゃぶが食いたいよう。ひとりでいいもん食おうなんて、女の風上にもおけないなあ」

祖父は目玉焼を御飯の上に載せた。つぶさずに焼いたので満足気である。ぼくは漬《つ》け物《もの》を切った。

「おじいちゃん、うちって貧乏だね」

「ふん、貧乏ごっこをしているだけだ」

「それを一生続けるのを貧乏って言うんだぜ」

「つべこべ言わんで食べなさい」

「あー、貧乏ってやだなあ」

「清貧という言葉を知らないな」

知ってるってば。でも、実際のところ、うちの貧乏は、母の浪費に端を発しているのだ。彼女が、余計なドレスや化粧品ばかり買うからいけないのだ。確かに、そのせいで、彼女はいつも美しいけれども、ぼくたちの夕食は目玉焼どんぶりになる。

ぼくは、ふと考える。ぼくがいつも心の中で呟く言葉、でも、女にもてないだろっていうのは、でも、貧乏だろ、に置き換えられるだろうか。おまえは人気者かもしれないが、でも、貧乏だろ。気にならないと言えば、嘘《うそ》になるが、どうということもないようだ。母さん、どうして、ぼくをもっと貪欲《どんよく》な人間に育ててくれなかったのですか。これでは、ぼくは、一生、貧乏のままかもしれない。

「おじいちゃん、ぼくに金持になってもらいたい？」

「別に。なりたきゃ勝手になれ。資本主義社会だ。下剋上《げこくじょう》でもなんでもありだ」

「またそんな古い言葉を持ち出して。ぼくが金持になったら、毎日、部厚いステーキでもなんでも食えるんだぜ」

「コレステロールがたまる」

何を言っても無駄だ。ぼくは、しばらく口をきくのを止《や》めて目玉焼ごはんを食べた。

「そう言えば、今日、おまえの上着を借りたぞ」

「え！　まさかあの青いやつでは」

「そうだ。良く似合うって誉められたよ」

「ひどいよ。あれ桃子さんに買ってもらったんだよ。まだ一度も着てないんだぜ。誉められたって、どうせ、そこらのばあさんにだろ」

「あの女性は、ばあさんなんかじゃない。私より十歳も若いんだ」

「でも、ぼくより五十歳年上でしょ」

「どうして、こんなけちな子に育ったんだか」

「多分、貧乏だからですよ、おじいちゃん」

祖父は、げらげら笑っていた。あの娘にして、この親ありだ。ぼくは、自分の将来をほんの少し憂《うれ》えている。

中間試験が終わると、あたりは、あっと言う間に夏の気配を漂わせる。薄着になった女の子の姿を見るのは楽しいものだ。けれど、試験の結果を知るのは、あまり気分の良いものではない。

数学の授業が終わると、脇山が、笑いながら、ぼくに近寄って来た。

「時田、おまえ何点だった？」

「なんで」

「いや、心配してやっただけさ。クラス委員やってる奴が、あまり出来ないと問題あるだろ。おれなんか、満点に近かったからさ、なんか、不公平かなって思ってさ」

「別に不公平なんかじゃないよ」

「でも、おまえ、このままじゃ三流大学しか入れないぜ」

「ぼく大学行かないかもしれないから」

「へっ？　またなんで」

「金かかるから」

「おまえんち貧乏なの？」

「そうだよ」

「でも、大学行かないとろくな人間になれないぜ」

「ろくな人間て、おまえみたいな奴のこと？」

「そうまでは言ってないけどさ」

脇山は、含み笑いをしながら、ぼくを見詰めた。嫌な顔だと思った。

「脇山、おまえはすごい人間だ。認めるよ。その成績の良さは尋常ではない」

「……そうか」

「でも、おまえ、女にもてないだろ」

脇山は、顔を真っ赤にして絶句した。ぼくの脳裡《のうり》に、小学校の担任教師の表情がよみがえる。真実の許《もと》にひれ伏した愚か者の顔。

「ぼくは確かに成績悪いよ。だって、そんなこと、ぼくにとってはどうでも良かったからね。ぼくは彼女と恋をするのに忙しいんだ。脇山、恋って知ってるか。勉強よか、ずっと楽しいんだぜ。ぼくは、それにうつつを抜かして来て勉強しなかった。でも、考え変わったよ。女にもてて、その上成績も良い方が、便利だってことにね。どうしてかって言うと、おまえのような奴に話しかけられないですむからだ。よおし、ぼくは勉強家になるぞ！」

誰がなるか。脇山の憤死しそうな顔を見ていたら、おもしろくなって、つい口が滑ってしまった。

ぼくは、立ち上がり、速足で教室の外に出た。女子のグループが、時田くん彼女いるんだってえ、ええっ、そんなあ、とかなんとか叫んでいた。女の子たちは本当に可愛《かわい》い。ぼくは決してきみたちを見捨てたりはしない。

ぼくは隣のクラスに入って行き、幼《おさ》な馴染《なじ》みの真理《まり》を捜した。彼女とは、中学時代からの腐れ縁だ。そのあばずれぶりがぼくの好感を呼んでいる。真理は窓辺に腰を降ろし、手鏡を見ながら髪を梳《と》かしていた。

「あら秀美じゃん。どうしたの」

「実は、お願いがあるんだ」

「いいけどさ、あんたと寝るのは絶対嫌よ」

「何故、そんなにまで吝嗇《りんしょく》なんだ」

「処女だから」

「嘘も休み休み言え。まあ、いいや、真理と寝ようとかどうとかってことじゃないんだ。おまえ、ぼくのこと愛してる?」

真理は目をぱちぱちさせて、不思議そうにぼくを見た。

「愛を理由にどうこうするのって好きじゃないけどさ、秀美のことは、ちっちゃい頃《ころ》から愛してるわよ」

ぼくは、真理の耳に口を近付けて話し始めた。彼女は、ぼくの話を聞きながら、手鏡を見て、マスカラを付け直していた。どうやって学校にばれないように化粧をしようかとばかり考えているようだった。

　夏休みに入り、ぼくは桃子さんの店で、ウェイターのバイトを始めた。初老のバーテンダーのいる落ち着いたバーだ。桃子さんは、絹のシャツを身にまとい、ぼくの胸をときめかせた。仕事の後には、いつも彼女の部屋に立ち寄り、ぼくたちは寝た。好きな女と寝るのは本当に楽しい。けれど、世の中には、この喜びに目を向けない人々が沢山いるのだ。なんと不幸なことだろう。このことに価値を与えない人々をぼくは憐《あわ》れむ。

　ぼくは、店に来る客たちの話に耳を傾け、時には頷《うなず》き、時には例の言葉をこっそりと呟いたりする。いい顔をした客は、酒の飲み方も素晴しいことを、ぼくは発見して嬉《うれ》しくなる。決して、人を蔑《さげす》んだり、貶《おとし》めたり、しない。姿良く酔うのだ。ぼくは、まだまだ修業が足りないと、そういう人々を見るたびに思う。小学校の担任や脇山のことも、もう見くだしたりはしない。ただ同情するだけだ。

　その晩、桜井先生が店に来て、ぼくを訝《いぶか》し気《げ》に見て言った。

「おまえ、脇山に何かしたな」

「何かって？　ぼくは別に何も」

「そうかなあ。絶対に何かあると思うんだが」

　脇山の期末試験の成績が、あまりにもひどかったのは、教師たちの間に波紋を投げかけたらしい。と言っても、一番が十二番に下がっただけだったので、生徒たちの間では、話題にもならなかった。そういうこともあるさ、と皆は思っていた。答案を返された時の脇山の様子ときたら、周囲の呑気《のんき》な慰めなど、まったく受けつけないかのように青ざめていた。まるで震えているように、ぼくの目には映った。あいつ、本当に具合悪くなっちまったんじゃないのか。ぼくは、思惑どおりに事が運び過ぎたのを悔やんだ。

真理にさんざん弄《もてあそ》ばれたあげくに捨てられたのである。最初、彼女が脇山に気のある素振りをして見せた時、彼は有頂天になった。用もないのに、ぼくの所にやって来て、彼は言った。

「いやあ、最近、おれも色々と忙しくってね。えっ？　勉強じゃないよ、女の子関係のことさ。ま、時田ほどじゃないけどね」

ぼくは、あまりの薄気味悪さに、思わず彼から目をそらしてしまったほどだ。それにしても、やはり真理は実力がある。あの脇山を恋する男に変えてしまうとは。

しかし、彼が恋の喜びに目覚めるのと反比例して、授業への集中力は欠けて行った。彼は、時折、ぼんやりと宙を見ていた。そんな彼の様子を見て、ぼくは、前より少しは、まともな顔になったように感じたものだ。少し傷ついたような表情を浮かべた彼の横顔は、親しみ易《やす》ささえ感じさせた。

しかし、彼にとっての悲劇は、期末試験の直前に起きた。真理は、彼にこう告げたのだ。

「私、勉強しか取り得のない男の人って、やっぱ苦手みたい。つまんないんだもん」

こんなにも呆気《あつけ》なく自分を否定されたら、どういう気分だろう。しかも、こんなに軽い言葉で。だって、つまんないんだもん。その上に、どのような讃辞《さんじ》を付け加えても補うことは不可能である。なんと可哀相《かわいそう》な脇山。はははは、真理、良くやった。

ぼくって悪い奴なのだろうか。思わず笑った後、口を押さえながら思う。ほんの少し考え方を変えさせてやろうと思いついたことが、脇山にとっては、大事件だったのかもしれない。考えてみれば、ぼくが十一位落ちるのと、入学から、ずっと一位を保ち続けて来た彼が十一位落ちるのとでは意味が違う。試験結果が出た後の彼の憔悴《しょうすい》ぶりから察すると余程のことだったのだ。

けれど、人間が、そんなにも弱くて良いものだろうか。つまんないんだもん、もてないんだもんで否定されてしまうようなものなど、初めから無いも同然ではないのか。伊藤友子は、もっと昔から、存在を否定されていたのだ。そして、傲慢《ごうまん》にも否定するのを当然と思う人間が当たり前のように生きているのだ。大学を出ないとろくな人間になれない。脇山は、何の疑問も持たない様子で、そう口に出した。何故なら、そう教える人間たちがいるからだ。いい顔になりなさいと諭す人間が少な過ぎるのだ。

ぼくは、小さな頃から、ぼくの体を蝕《むしば》もうとして執拗《しつよう》だった不快な言葉の群れを不意に思い出した。片親だからねえ。母親があああだものねえ。家が貧しいものねえ。まるで、うるさい蠅《はえ》のような言葉たち。ぼくは、蠅を飼うような人生を送りたくない。だって、ぼくは、決してつまらない人間ではない。女にもてない男でもない。

「秀美くん、さっきから、何をぶつぶつ言ってるのかな。悩みがあるのなら桃子さんに相談してごらん」

気が付くと、客は桜井先生だけになっていた。桃子さんは、飲み物を渡しながら、ぼくの顔を覗き込んでいた。

「悩みか。あると言えばあるけど、ないと言えばないなあ」

「時田に悩みなんてあるのか?」

「そりゃ、あるよ。早く仕事終わって、桃子さんと寝たいのになあとか」

「とか?」

「伊藤友子は、元気にやってるかなあとか」

先生と桃子さんは、訳が解らないというように顔を見合わせて肩をすくめた。ぼくは、グラスを口に運びながら横目で彼らを見た。まさか、ぼくは勉強が出来ない、とも、言えないし。

あなたの高尚《こうしょう》な悩み

高尚な悩みにうつつを抜かしている奴《やつ》がいる。ぼくと同じサッカー部の植草だ。普通、運動部に入っているなどと言うと、人々は、運動神経しか取り得のない明るい青年や女の子にもてたいだけの尻軽《しりがる》な遊び人、あるいは、何もすることのない暇な劣等生を思い描きがちだが、ぼくたちの高校はそうじゃない。顧問の桜井先生の影響で、不思議な生徒たちが集まって来る。教え子を鍛えるという使命に、まったく燃えないこの先生は、だから、皆に好かれているのだが、奇異な人間を増長させてしまうのも確かである。だいたい、ぼくたちがフィールドを走っている間じゅう、しめしめとばかりに、本をひろげるサッカー部顧問など聞いたこともない。一度、ランニングの途中で、全員、前まわりをして気を引こうとしたが、彼は、異常事態に本から目を上げただけで、首を傾《かし》げながらも読書を続行していた。

植草は、ぼくと同様、学校の成績は良くなかったが、物知りだという評判だった。と言うのも、日常の言葉の中に、ぼくたちの知らない単語を混ぜて、相手をけむに巻くのが得意だったからだ。意味を尋ねようものなら、彼は片頬《かたほお》を歪《ゆが》めて笑い、首を横に振るだけだった。

しかし、彼は、決して嫌《いや》な奴ではなかった。成績の悪いことが味方して、彼は、自身を、皮肉たっぷりの人間に仕立てることはなかった。人を見くだすという悪事の片棒をかつぐのを、彼の要領の悪さが邪魔をしていたのだ。どこか抜けている奴が、難しい理屈を述べると、側《そば》にいる人間は笑ってしまうものである。

遅刻して、それをとがめられようものなら、彼は、額に手を当て眉根《まゆね》にたて皺《じわ》を作り、どうも、おれの価値観と学校のそれとは折り合いが悪いのだな……などと、呟《つぶや》き、教師を絶句させた。ぼくたちは、ぷっと吹き出し、また始まった、と思うだけだった。

教師は、どうも、物事を深刻に考え過ぎる。ぼくたちのように楽観的になって欲しいものだ。植草を生意気だと言って怒り出す彼らは、まったく時間を無駄《むだ》にしている。冗談だよ、冗談。ぼくは、そんな時、怒りに震える教師の肩をとんとんと叩《たた》いてあげたくなってしまうのだ。

もっとも、植草自身は、まんざら冗談でもなくそう呟いていたらしいふしもある。サッカー部の練習の後、彼は、夕陽《ゆうひ》を見詰めながら、グラウンドの隅《すみ》に腰を降ろして物思いに耽《ふけ》っていることがある。今日もそうだ。離れた所からながめると、彼は、草むしりをする真面目《まじめ》な生徒に見える。ぼくは、彼をからかってやろうと、近付いて行った。

「植草、何やってんの」

「夕陽を見ているのさ。急に虚無感に襲われてね」

「そうか。実は、ぼくの腹の中も虚無のために、ぐうぐう言ってるのだ」

「時田、おまえは、本当に即物的な奴だな」

植草は、うんざりしたように、ぼくを見た。口には、抜いたばかりの雑草がくわえられている。やっぱり、腹がへってるんじゃねえか、こいつ。

「ああ、なんて言うのかな。人間って、すごく不条理なものだと感じているのさ。昨夜、カミユなんぞを読んで、眠りについた自分を心から後悔しているよ」

「ん？　カミユって、お酒の種類じゃなかったっけか」

「……時田、おまえが、飲み屋の姉ちゃんとつき合ってるって聞いた時、おれは、その身のやつし方に一目《いちもく》置いたものだ。しかし、おまえは、どうも、酒の種類しか学んでいないらしいな」

「そうでもないよ」

「そう見えるよ。おれは、時に、おまえのような単細胞が羨《うらやま》しくなる。幸せでいいなあ。おれは、考えることが多過ぎて、永遠に動物としての快楽を味わい尽くせないかもしれない。頭の中が、高尚な知識の積み重ねで息詰まる思いだ」

「高尚って、格調高いってことだろ？」

「まあ、それに似ているかな」

「そういう高尚な人が、どうして、サッカーなんてやってるんだい」

「肉体と精神の均衡を保とうとしているのさ。時田のように、駆けっこの好きな人間には、理解出来ないかもしれないが」

「おまえなー、そういうこと考えながら、練習してるから、シュートが決まんないんじゃないの？」

植草は、むっとしたように口をつぐんだ。ぼくは、馬鹿馬鹿《ばかばか》しくなり、その場を立ち去ることに決めた。練習中にくじいたらしい手首が少し痛み始めた。ぼくは保健室に寄って、湿布してもらってから帰ることにした。グラウンドを横切りながら、植草の方を振り返ると、彼はまだ、沈みかけた夕陽を見詰めて、何やら、高尚な思いに身をまかせていた。三十回ぐらい、ヘディングの練習でもしたら、あの風変わりな頭も元に戻るかもしれないと思いついて、ぼくは、吹き出してしまった。

保健室には、担当の先生がいなかった。ぼくは、勝手に戸棚《とだな》を開けて湿布薬を捜した。

「先生、すぐに戻ってらっしゃるわよ。勝手に色々捜しまわったりすると、怒るわよ」

つい立ての陰から声が聞こえたので、驚いて覗《のぞ》いてみると、ぼくのクラスの副委員長の黒川礼子が、ベッドに横になっていた。

「なんだ、時田くんか。先生、すぐに戻るわよ」

礼子は、あおざめた表情で、ぼくを見上げて言った。なんだか、幽霊のように見える。

「黒川さん、どっか具合悪いの？」

「帰《かえ》り際《ぎわ》に貧血を起こしちゃって。ま、いつものことだから慣れてるんだけどさ」

そう言えば、彼女は、時々、授業中に保健室に行く。口の悪い女生徒が、妊娠してんじゃないのと囁《ささや》き合っていたのを耳にしたことがある。しかし、ぼくは、決してそんなことはないと思う。彼女の透けるような肌《はだ》の白さや色素の薄いおくれ毛の色などを見ていると、心正しい病弱さを感じるのだ。別に妊娠が心正しくないとは思わないけれど。

そう言えば、と、ぼくは思い出す。礼子は、前に植草とつき合っていたんじゃなかったっけ。そんな噂《うわさ》を耳にしたことがあった。植草が、夢中になり過ぎて、彼女を追いかけまわしてふられたとか、何とか。彼女なら、あいつの不条理がどうのというようなおかしな会話に正面から対決しても勝てるような気がする。

「何か、私の顔に付いてる？」

「いや、別に。ねえ、変なこと聞いていいかなあ」

「どうぞ」

「サッカー部の植草って知ってる？」

礼子は、突然、不愉快そうな表情になり、ぼくを見た。それがどうしたのと言いたげだった。ぼくは、思わず口ごもってしまった。体の弱い少女が可憐《かれん》だと言うのは嘘《うそ》だ、と彼女を見るたびに思う。正義感から、彼女が、男子生徒をこてんぱんにやっつけるのを、ぼくは何度も見て来た。そして、今、ぼくをにらみつけている。植草ではないけれど、気の強さで、肉体と精神の均衡を保っているのだろうか。

「そんな恐《こわ》い顔しなくたって」

「人のプライバシーに立ち入ろうとする奴って、私、我慢がならないのよね」

「ごめん、興味あったから」

と、言うことは、植草が、礼子のプライバシーに関《かか》わっているということである。ぼくは、湧《わ》いて来る好奇心を抑えられなくなった。

「黒川さんって、綺麗《きれい》だから、余計な詮索《せんさく》したくなっちゃうんだよ」

「ふうん」

礼子は、まんざらでもなさそうに相槌《あいづち》を打った。ぼくは、心の中で、なるほど、と呟いた。ぼくの祖父が、前に、ぼくに教えてくれたのだ。女に口を割らせたければ、誉《ほ》めて誉めて誉めまくれ、と。母は、呆《あき》れたように、ぼくと祖父を交互に見詰めていたが。

「気になります。教えて下さい」

礼子は、吹き出した。

「本当に、時田くんて、おかしな人。つき合ってたわよ、一年の時。でも、すぐに別れちゃった」

「どうして？　しつこいから？」

「不幸を気取ってるからよ、ハムレットじゃあるまいし」

それは正しい。幸福に育って来た者は、何故《なぜ》、不幸を気取りたがるのだろうか。不幸と比較しなくては、自分の幸福が確認出来ないなんて、本当は、見る目がないんじゃないのか。そう言えば、植草は、虚無がどうのこうの言ってたな。

「ねえ、黒川さん、虚無なんて言葉を普通に使ったことある？」

「きょむ？」

「虚無だよ。からっぽのことだよ」

「ああ。時田くんの口から出ると、食べ物の種類みたいに聞こえるわね。使わないわ。それは、日常語じゃないわ」

「それを普通に使う奴って、何を考えてるのかなあ」

「何も考えてないのよ」

そんなことを話していると、保健の先生が戻って来た。ぼくは、手首に湿布され、黒川礼子を家まで送り届けるように言い渡され、保健室を追い出された。

まだ日は暮れていなかった。ぼくは、礼子と歩きながら、夜と昼の隙間《すきま》に流れる気に入りの空気を吸い込んだ。どこかから、野菜の煮える匂《にお》いが漂って来る。作ろうとしているのは、カレーか、それともシチューか。ぼくは、この匂いを嗅《か》ぐと、なんだか、しんみりとした気分になる。この感傷的な匂いを知っている人間なら、虚無などという言葉を決して使ったりはしないだろう。昼の埃《ほこり》が地面に落ち着く静かなひとどき。何かが、ぼくの心をうずかせる。もちろん、ぼくには、植草などと違い、それがどのような種類の感情なのか説明する術《すべ》もないのだが。

「ね、時田くん、お茶でも飲んで行こうか」

「いいけど。もう気分いいの？　それに、時間も」

「元気よ。それに、ほら、私って優等生だから、少しぐらい遅くなっても疑われないのよ」

それなら、と、ぼくは、恋人の桃子さんの働いているバーに礼子を誘った。早い時間のバーは、混《こ》み合うこともなく、桃子さんの親切を一人占め出来る。

礼子は、ぼくの思いつきにはしゃいでいた。

「なんだか私たちって不良っぽい」

ぼくは、彼女の言葉に頭を掻《か》いた。不良などという言葉の似合う店ではないのだ。大人たちがそろい過ぎていて、ぼくたちのような子供は、あっさりと黙殺されてしまう類《たぐい》のバーなのだ。

桃子さんは、ぼくたちを歓迎してくれた。彼女は、ぼくと礼子を興味深そうにながめていたが、その内、礼子を気に入ったらしく、貧血によく効くという軽い酒をショットグラスで出してくれた。桃子さんのような大人の女は、臆《おく》せず生意気でない礼子のような女の子が大好きなのだ。

「やるわね。時田くんも。あんなにいい女に尽くしてもらってるなんて」

「別に尽くしてもらってなんかないよ」

「じゃ、対等につき合ってるの？」

「ぼくは、そのつもりだけど」

「へえ。見直した。ただの元気くんかと思ってたけど」

ただの元気くんだよ、ぼく。ぼくは、そう心の内で呟きながら、小さなグラスを手にする礼子の横顔を見ていた。

「黒川さんて、ほんと、綺麗だね。頭も抜群だし、恐いものなしだね」

礼子は、ちらりとぼくを見て言った。

「だから、なんだっての？」

「誉めただけだよ。人の誉め言葉を素直に受け取ってくれよ」

「一応、ありがと。でも、私、時々、すごく不幸なのよ」

ぼくの怪訝《けげん》そうな表情を、さもおかしそうに見ながら、彼女は続けた。

「だって、私、体弱いんだもの。すぐに、ぶっ倒れちゃう」

「不治の病なの⁉」

礼子は唖然《あぜん》としたように、ぼくを見た。

「私を殺したいの？」

「そうじゃないけど。不幸なほど、体が弱いなんて、死んじゃう病気かと。さっき、植草のこと不幸ぶるとかなんとか言ってたからさ。自分は、もっと深刻だって言いたかったんじゃないの？」

「違う。死ぬほどのこっちゃないわ。単なる貧血症よ。血圧低いのよ。気分が悪くなってる間ってね、なんにも考えられなくなるの。すごく利己的な自分に気付くのよ。優しさとか思いやりとか、まったく役に立たないのよ。世界情勢がどうなるとか、環境保護が叫ばれてるとか、そういうことが、意味をなさなくなっちゃう。あー、気持悪い、吐きそう。それが自分のすべてになっちゃうの。そういう余裕のない自分がたまらなく嫌なの。でね、私の場合、その嫌なことが、しょっ中あるの。私の言ってること解《わか》る？」

「うん。すごく良く解る」

ぼくの言葉を聞いて、桃子さんが、げらげら笑った。

「秀美くんの場合はね、空腹の時がそれよ。時々、この子は、詩人のようなロマンティックなこと言ったりするんだけど、おなかすいてる時は、目の前のラーメンのことしか考えられないのよ」

「やっぱり桃子さんは、大人だわ」

礼子は、感心したように頷《うなず》いた。ぼくは、少しばかりむっとしていた。そういう言い方はないんじゃないのか。ぼくが、ラーメンを食べる時に幸せなのは湯気の向こうに桃子さんの笑顔が見えるからだ。そう言おうとしたが、何やら弁解じみているので、止《や》めた。確かに、空腹時のラーメンの至福は、恋愛のそれより上等だ。

「桃子さん、なんか、ぼく、腹へってきた。チーズかなんかある?」

「はい、はい、浪漫《ロマン》よりも、目の前のチーズね」

ぼくは舌打ちをした。礼子は笑いながら、ぼくの肩を叩いた。

「あなたの爪《つめ》の垢《あか》を植草の阿呆《あほ》に飲ませてあげたいわ。あいつ、意味をなさない哲学的なことばっか言ってさ、自分だって、物も食べれば、くそもするのに」

「くそ!?」

カウンターの隅で、クリスタルのグラスを磨《みが》いていたバーテンダーの久保田さんが、ぷっと吹き出した。礼子は、思わず、顔を赤らめて、ぼくの手の甲をつねった。

「何も、言い返さなくたっていいじゃないの」

「ごめん。でも、くそだなんてさ、イメージ壊れるよ」

「じゃ、なんて言えばいいのよ」

「排泄物《はいせつぶつ》とか、さ」

「ふん。げろのことを吐瀉物《としゃぶつ》とか呼ぶタイプね」

「…………」

「つまり、私の言いたいのは、排泄物も吐瀉物も体の中に隠し持っているくせに、何故、虚無なんて言葉を使うかってことよ」

「ぼくんちさあ、父親いないでしょ。どうしてかって言うと、母親が、あばずれだからなんだよ。でも、そういう言葉で、彼女を形容するのは良くないって教えられてるの。恋多き女と呼ばなくてはいけないんだ。だから、もし、黒川さんの気分を害したら、ごめん。母親の教育が悪いんだと思って下さい」

礼子は、しばらくの間、下を向いたきりだった。ぼくは、彼女が気を悪くしたのだと思い、言葉を選びかねていた。

「時田くん、あなたって、人間出来てるよね。私、なんか羨しい」

ぼくは、思わず、チーズを喉《のど》に詰まらせた。人間が出来てるだって⁉ ぼくは、一度も、自分自身をそんなふうに思ったことはない。ぼくは、ぼくなりに、色々なことに失望して、卑劣な感情に身を任せることもある。ただ、そんな自分も自分自身なのだと、傍観してしまうくせがあるだけなのだ。だいたい、そのあばずれ、違った、あの恋多き女性が、ぼくの尻をいつも叩いて、悲観的観測をぶち壊してしまうのだ。ほらほら、悲しみは、おなかをいっぱいにはしないわよ。つまらないことで悩んでいると、ハンサムじゃなくなっちゃうから。ぼくが、もし、本当に植草の言うように即物的な人間だとしたら、そういう母親に育てられたことが原因しているのかもしれない。そして、ぼくは、そんな母に、ちょっぴり感謝している。ぼくは、他の何者でもなく、ぼく自身であると言うこと。このことを常に意識しなくては、生活出来なかったぼくの幼ない時代。悩んでいるどころではなかった。虚無なんていう贅沢品《ぜいたくひん》で遊べるような環境に、ぼくは身を置いて来なかったのだ。

「でも、植草みたいに、深刻さをもてあそんでいる奴も、はっきり言って、ぼくには羨しいよ」

「あんなのいんちきよ」

「こむずかしいことで頭を悩ませてるのは、どこも痛くないからだろ。黒川さんみたいに、貧血症でもなく、ぼくんちみたいに貧乏でもない。実際に不幸が降りかかって来ていない証拠みたいなもんじゃないか」

「お気楽ってこと？」

「そうまでは言わないけどさ。あいつ、そんなに悪い奴じゃないよ。意地悪くないからね。自分ひとりで、高尚なことを考えてるってのは、別に周囲に害をもたらさないじゃん」

「あなたには、そうよね。でも、私たち、つき合ってたのよ。私には害をもたらしてたんだから。最初は、ずい分、色々なことを知ってるんだなあって感心してたわ。でも、ある時、私が、いつもの貧血を起こして具合が悪くなったの。あいつったら、あおざめてる私に、ちっとも気付かずに、コリン・ウィルソンの話なんかしてたわ。得意そうにね。私、殺してやりたくなった。そんなもん、私の貧血には、ちっとも役に立ちゃしないって叫びたかったわ。生きてくのに必要な知恵と、味つけにしかならない知恵とは、まったく違うじゃない？」

そりゃ、確かに、はた迷惑な奴だ。女の子のナイトになれない奴が、いくら知識を身につけても無駄なことである。医学に関して、どれ程、膨大な知識を持っていても、血を見るのを恐がっていたら手術は出来ない。知識や考察というのは、ある大前提のその後に来るものではないのか。つまり、第一位の座を、常に、何か、もっと大きくて強いものに、譲り渡す程に控え目でなくてはならないのだ。空腹と虚無という二つの言葉は、同じような意味合いを持ちながら、象と蟻《あり》くらいの隔りがある。後者は常に前者に踏みつぶされる可能性を持っているのだ。

ぼくは黒川礼子を家まで送ってから、そんなことを考えながら帰り道を歩いた。しょっ中、貧血を起こすなんて可哀相《かわいそう》だなあ。ぼくは、礼子の顔を思い浮かべた。

哲学なんて何よ、社会情勢がどうだって言うの？　そう叫びたい彼女の気持が、良く解るような気がした。心の痛点も偉大だが、体のそれは、もっと頑固《がんこ》だ。存在感がある。そのことを知り尽くした上で、思考に身を任せられる人間に出会ったら、ぼくは無条件に尊敬してしまうのだが。

家に帰ると、珍しく母がいて食事の支度が調っていた。祖父は、満足そうに、日本酒をちびちびと飲みながら、テレビを見ていた。

「秀美、御飯にする？　それともお風呂《ふろ》が先？　あら、いやだ、私ったら新妻みたいな口きいちゃって。ほーっ、ほっほっほ」

ぼくは、薄気味悪くなり母の顔を見た。

「珍しいね。母さんが、この時間にいるなんてさ、どうしたの？」

「たまには、親孝行と、子供孝行を一緒にやろうと思ってさ。良いことすると気分がいいわねえ」

まとめてやってしまおうとするのが、彼女の怠慢なところだ、と、ぼくは思ったが黙っていた。口に出して言ったところで、彼女は、怒って、ぼくをやり込めるか、拗《す》ねて可愛《かわい》いふりをするか、耳が不自由になったように無視するかに決まっている。この人の人生には、あまり反省という要素がないみたいなのだ。

ぼくは、くじいた手首を気づかいながら、風呂に入った。練習の時に皮膚に張り付いた汗が流れ落ちて行くのが良く解る。礼子が、ぼくの汗臭さに気付かなければ良かったのだがとぼくは思い、心地良さに目を細める。贅沢だなあと、湯船につかるたびに、ぼくは思う。ささやかなことに、満足感を味わう瞬間を重ねて行けば、それは、幸せなように思える。何故、人間は、悩むのだろう。いつか役立つからだろうか。だとしたら、役立てるということを学んで行かなくてはならない。しかし、後に役立つ程の悩みなんて、あるのだろうか。とりわけ、高尚な悩みというやつの中に。

「秀美、湯加減どう？　お背中でも流しましょうか、お兄さん」

母が、サーヴィスしたくてたまらない、という顔で覗いていた。

「もっと、母親らしい口のきき方をしたらどうですか」

「やーだ、高校生の息子がいる年齢だなんて思いたくないもん。あれ、手首、どうしたの？」

「くじいたの。でも、たいしたことないよ。普通に部活やってても平気だって」

「気をつけなきゃ駄目よ。あんた、誇るものって体しかないんだから」

「そういう言い方、ないだろ。頭の方は親に似ちゃったんだもん」

「いいじゃない。体を誇れるって、素晴しいことよ。だいいち、シンプルだわ。体がなきゃ、頭だってなくなっちゃうのよ。頭だけで、人が存在するってこと有り得ないのよ。体を自慢出来るあんたは、あらゆる可能性を頭の内に秘めてるの。うん、我ながら、決まってること言ってる」

「…………」

「親からいただいた大切な体なんだから、ちゃんと労《ねぎら》ってちょうだいよ」

ぼくは、お湯をかけて、母を追い払った。なんだか笑いがこみ上げて来る。ああいう母親でよかったと思うのは、こんな時だ。いくら、物事に無頓着《むとんちゃく》なぼくでも、時折、道に迷ったように、困ってしまうことがある。そんな時、母の言葉は、ぼくを安心させるのだ。冗談めいた道標が、ぼくをいじけさせずに、ここまで歩いて来させた。悩む程のことじゃない。ぼくは、ある種の困難にぶつかると、いつも自分にこう言い聞かせて、切り抜けて来たのだ。もしかしたら、本当に、ぼくには、あらゆる可能性が宿っているかもしれない。そう思うだけで、風呂の湯は、いっそう肌に、暖かく、やさしい。

ある日、サッカー部の練習中に、植草が踝《くるぶし》の骨を折った。折ったと言っても、ぽきりと折れた訳ではなく、少し欠けてしまっただけらしいが、彼は、その瞬間、異常な程、痛そうにフィールドに崩れ落ちた。

桜井先生は、素早く彼の許《もと》に走り寄り、応急処置をほどこした。ぼんやりしているようでも、さすがに顧問をしているだけはある。ほかの部員が気付かない内に、先生は練習を中止させ、植草の足の様子を調べた。

「くじいたかな。骨に異常あるみたいだな。おーい、マネージャー、冷やしタオルをどんどん持って来い」

骨に異常、という言葉を聞いた瞬間、植草の顔は蒼白《そうはく》になった。目には涙がたまり、口許からは、情けない悲鳴が洩《も》れていた。部員たちは、この程度の怪我《けが》を見慣れているせいか、驚くこともなく、中には、彼のあまりの腑甲斐無《ふがいな》さに苦笑しているものもいた。

「おい、おい、植草、しっかりしろよ。このくらい、どうってことないぞ」

植草は、桜井先生の声など、耳にも入らない様子で泣いていた。ぼくと一年の木村が担架で、彼を保健室に運ぶことになった。

「大丈夫だよ、植草、たいしたこっちゃないよ」

ぼくの励ましに、彼は呻《うめ》き声《ごえ》を返した。なんだか、ぼくは、彼が憐《あわ》れになった。いつも、気取ったことばかり言っている奴が、こんなふうに弱気になっちまうなんて。彼は、本当に気を失いかけていた。

「植草、ほら、気を紛らわすために、おまえの好きなこと考えろよ。なんだっけ？おまえの好きな作家。酒の名前とおんなじ奴」

「……カ、カ、カ、カミユ……」

「そうそう。そいつのどんな話が好きなんだっけか」

「シーシーシュポシュポシュポ……」

「なんだ、汽車ポッポか」

「ち、ちが……。あー、痛いよお」

木村は、笑いをこらえるのに必死で、肩を小刻みに震わせていた。ぼくも、おかしくてたまらなかったが、ここで笑い転げて、後で、恨みを買うのも嫌だった。ぼくは、雪山で眠りこけそうになる人を無理矢理起こすように、植草に話しかけ続けた。

「空虚がなんとかって、おまえ、言ってたよなあ。今も、そう感じてるか」

「か、か、感じない」

「そうか、良かったなあ。おれたちがついてるもんなあ。孤独じゃないだろ」

「……………」

「あん？　何？　聞こえねえよ」

「こ、孤独じゃない……よ」

「黒川礼子と、どこまで行ったんだ。詳しく述べよ」

木村が、こらえ切れなくなって、吹き出した。

「時田さん、ふざけ過ぎっすよ」

「そ……そうだ。あんまり、お、おれを馬鹿にすんな……」

「じゃ、馬鹿にされないようなこと言ってみ。ほれ、ほれ、今、一番、言いたいことはなんだ」

「足が……痛い……」

「それだけか。何か言うこと、もっとあるだろ。きょむとたいはいとあいでんていていとしょうしんふじょうりなんでも来いだ。ああ疲れた。木村、ちょっと休んでいこうか」

「足が痛いんだよお‼　お願いだよお‼　早く保健室に連れてってくれ――‼」

なんだ、ちゃんと、喋《しゃべ》れるんじゃねえか、この馬鹿。ぼくたちは、冗談を言うのを止めて小走りで、保健室に向かった。足に触れただけで、植草は絶叫し、呆れた先生に叱《しか》られ、ぼくたちは、その尻馬に乗って、はやしたてた。許せよ、ぼくたちは、調子に乗るのが好きなのだ。

日曜の朝、ぼくは、いつものように、桃子さんのアパートに行った。今日は、午後、黒川礼子もまじえて、どこかに出掛けようということになっていたのだ。あれ以来、礼子とは、すっかり親しくなっていた。植草の足首の怪我の話は、彼女をすっかり楽しませた。あいつに、同情？　するもんか。あの程度で、泣きわめくなんて、どうかしてる。礼子は、今度、彼に会ったら痛めた足を蹴《け》とばしてやるなどと、あくどいことを考えている。悪い奴ではないんだけれどね、というのが二人の一致した意見だ。ただ、屁理屈《へりくつ》が多過ぎるのよ。礼子は、そう言って、肩をすくめた。まったく、ぼくも同感だ。あんな痛みすら、こらえられなくて、何が、虚無だ、傷心だ。

桃子さんは、まだベッドの中にいた。ぼくは、彼女の体をくすぐったり、鼻をつまんで起こそうとしたが、うるさそうに、顔をそむけた。

「桃子さあん、起きてよ」

「うるさいなあ、もう」

「ねえ、今日、午後出掛けるんだぜ」

「私、パス」

「ひでえ。約束したじゃん。起きなよ、愛について語り合おう。ぼく、最近、考えること多くてさ。色々、感じてることを、桃子さんに聞いてもらいたいんだよ」

桃子さんは、額を押さえて、ゆっくりと起き上がったが、再び、ベッドの上に、ばたりと倒れた。

「秀美くん。私、すごい宿酔《ふつかよい》。頭が痛くって、あなたの高尚な悩みだか、考えだかを聞いてる余裕ないの。水ちょうだい」

ぼくは、腕組みをして、宿酔に苦しむ彼女を見詰めた。うーん、やっぱり。頭痛は高尚な悩みを凌駕《りょうが》する。

雑音の順位

何を思ったか、同じクラスの後藤が、突然、おれは政治家になると宣言した。昼休みに、パンを齧《かじ》りながらくつろいでいたぼくたちは、呆気《あっけ》に取られて、思わず彼の顔を見た。後藤という奴《やつ》は、どう見ても、政治的な問題に関心があるようには見えない。政経の授業に熱心という訳でもない。成績だって中の上、存在感があるとも言えない。

「何、考えてんだ、おまえ。その成績で、そういう大それたこと口に出せると思ってんの?」

「いったい、何が、おまえにそんな決心をさせたんだよ」

皆、呆《あき》れたように、後藤を見て言った。彼は、ぼくたちを見渡して笑った。

「ふふふ。おれは、昨日までのおれとは違うんだ。世の中を動かせるような人物になることを決心したのだ」

ぼくたちは、不気味なものを見た後のように、唾《つば》を飲み込みながら顔を見合わせた。こいつ、ついに気が狂ったか。後藤は、こう言っちゃ可哀相《かわいそう》だけれど、いつも情けない表情を浮かべている。眉毛《まゆげ》が八の字に下がっているのだ。どんなに彼が、怒っても、その眉のせいで迫力はまったくない。おまけにやせている。つまり、他人に一目《いちもく》置かせるという要素のない男なのだ。ぼくは、政治のことなど何も解《わか》らないけれども、こういう外見を持った人間が政治家になれるとは思えない。下がった眉は、常に、信憑性《しんぴょうせい》を奪うと思うのだ。

皆の鼻白んだ表情をよそに、彼は、自分の決心に満足したように、ひとりで頷《うなず》いていた。

「おい」ぼくは、彼の肩に手を置いた。

「おまえ、どうしちゃったの？　そんなに力んじゃって。肩、凝ってる？」

「凝ってない‼」

彼は、ぼくの手を振り払った。どうやら、皆の気のない様子に腹を立てたようだった。しかし、やはり、怒ったように見えない。顔で損をしている奴である。

「おれが、米軍基地のある市から通学していることは知ってるよな」

「それが、どうしたんだよ」

「そのことが、おれを、この決意に導いたのである」

皆、怪訝《けげん》な表情を浮かべて、彼を見た。呑気《のんき》な奴が、こんなことを言い出した。

「おれも、あそこに住みたくって。結構、いいクラブとかあるだろ。雰囲気《ふんいき》あるよな、あの辺」

後藤は、さも軽蔑《けいべつ》したように、声の主を見た。そして、これは駄目《だめ》だと言うように、首を横に振った。

「おまえのような奴がいるから、日本は、アメリカの言いなりになるのだ」

誰かが、ぷっと吹き出した。ぼくも笑いそうになった。だいたい、ぼくたちの年齢で、アメリカの言いなりなどと意識する奴は、ほとんどいないのだ。そんなことを思いつかないくらいに、あらゆる外国のものは、ぼくたちの生活に溶け込んでいる。アメリカ人は、ソニーを自国の企業と思い込んでいると言うけれど、それと似たようなことが、ぼくたちの周囲には、いくつもあるのだ。むろん、そこには、憧《あこが》れも嫌《けん》悪《お》も存在しない。好きなものだけを選び取るというのに、ぼくたちは、あまりにも慣れ過ぎている。そして、それだけが、唯一《ゆいいつ》、ぼくたちのこだわっていることなのだ。

「言いなりになんてなってねえよ、別に。どっちもどっちだろ。ギブアンドテイクさ」

「なんで、後藤が急に、そんなこと言い出す訳？　おれ、それ知りたい」

「外人の女の子にふられたのかよ」

「喧嘩《けんか》して、ひどい目にあったとか？」

誰もが、好き勝手なことを口にしていた。後藤の顔は、見る間にあおざめた。

「どうして、皆、物事を真面目《まじめ》に考えようとしないんだ。おまえら、間違ってるよ」

再び、皆、吹き出した。もちろん、ぼくもだ。後藤の、すぐに気弱になってうなだれる様子は、その眉毛に、あまりにも似合っていた。

「まあまあ、後藤は傷付いているぞ。ラッパーだって世の中を憂《うれ》えて、子供たちを救えと叫ぶ時代だ。こいつにだって、決意を語る権利はある」

その言葉に、後藤は、いっそうなだれた。ぼくは、なんだか彼が可哀相に思えて、顔を覗《のぞ》き込んだ。

「別に、皆、おまえを馬鹿《ばか》にした訳じゃないんだぜ」

「うん」

「突然、そんなこと言い出すから、衝撃を受けちゃった訳よ。どうして、そんなこと、言い出したんだい」

「実は」後藤は顔を上げて話し始めた。

「飛行機の音がうるさいんだもん」

「それで？」

「それでって、それだけだよ」

「へえ、それだけで、政治家になりたいと思ったのかよ」

「それだけって言うけど、本当にうるせえんだよ。勉強に身が入らないんだよ」

「おまえ、勉強なんかしてたっけか」

「む……してる人もいると思うよ」

どうやら、彼の政治家志望発言は、こういう順序で、それに至ったらしい。飛行機の音がうるさい↓我慢が出来ない↓米軍の飛行場が側《そば》にあるからだ↓基地を撤廃したい↓それには政治から変えなくてはいけない↓そうだ、政治に携わろう↓それには政治家にならなきゃいけない。

「それって、簡単過ぎねえか、ちょっと」

「そ、そうかなあ」

「安易だよ」

「でも、そう思うことから、世の中は変わって行くんじゃないか」

「基地で、日本人、沢山働いてんだぜ。おまえが政治家になったら、その人たちにどうしてやるんだよ」

「そこまで考えてねえよ」

一斉《いっせい》に笑い声が起こった。後藤は、すっかり気落ちして、小さくなっていた。ひとりが、彼を励ますように、立ち上がって言った。

「いや、ぼくには、後藤の気持が良く解る」

「へえ、どう解るのさ」

「ぼくんちの脇《わき》に線路が通っていてさ、電車の音が、すげえうるせえんだ。時々、たまんなくなって、自分が自分じゃなくなるよ。脱線事故でも起こって、電車、不通になんねえかなって思うことあるもん」

「やめろよなあ、そういうこと、思うの」

「これが、やめられないんだよなあ。ぼくだって、その線を使ってるのに、心の中では、そんなこと考えちゃうの」

うーん、解る。ぼくは思った。実は、ぼくも、同じような経験が何度もあるのだ。人の足を踏んで、知っていながら謝りもせずに、通り過ぎて行く奴や、スーパーのレジで長い列が出来てるのに横入りする奴に殺意を覚えるのだ。本当は、その人たちにも家族がいて、死んだら、誰かひとりは悲しむかもしれないと解っているのに、その瞬間、ぼくは、こう思ってしまうのだ。馬鹿野郎、おまえなんか、死んじまえって。時には、隣で、貧乏ゆすりをしている人間に対してまで、そう感じる虫の居所の悪い日もある。本当に、その人たちが死んじまったら、ぼくは、罪の意識にさいなまれて、自分の人生をだいなしにしてしまうだろうに。ささいな欲望とは、案外恐しいものである。

「そういや、おれも、雑音には悩まされてる」

それまで黙っていた松井が思いついたように言った。

「おれ、両親が仕事で外国行ってるから、ひとりでアパート暮らししてるじゃん。毎晩、眠ろうとすると隣から聞こえてくんの。やってる声」

「それ、マジ？　今度、遊びに行っていいか」

「ばーか、毎晩だぜ。興味津々《きょうみしんしん》を、もう、とっくに通り越してんだよ。おれ、すっかり耳年増《みみどしま》になっちゃいそう」

「いいなあ、おれもなりたい」

「そんなの雑音と言えないよな」

松井は、うんざりしたような表情を浮かべた。本当に、嫌《いや》がっているらしかった。後藤が困り果てたように肩をすくめた。

「どうして、このクラスって、こうなんだろ。おれが政治家になるって宣言したことが、なんだって、隣のセックスの話になっちゃうんだよ」

「だって、おれにとっちゃ、隣のセックスの方がうるせえんだもん。ああ、なんで、人間は、ただれた性欲に身を任せるのだろう。おれ、出家して坊さんになろうかな」

このクラスから、なんと、政治家と坊さんが出る成り行きになってしまった。まったくふざけた奴らだ。政治家と坊さんに悪いと思わないのか。と、憮然《ぶぜん》と呟《つぶや》いてみるぼくだが、内心、おかしくてたまらない。少なくとも、あのガリ勉の脇山のように、一流大学に入ることだけを夢見ている人間よりは、はるかに、素敵な発想だ。

「それにしても、嫌《きら》いな音ってのは、人間を狂気の世界に誘うよなあ」

「お、いいこと言うじゃん。おれ、ガラスを爪《つめ》で引っ掻《か》いた時の音を聞くと、気が狂いそうになるよ」

「今度、やってやるよ」

「殺すぞ」

雑音ってのは恐《こわ》いものだなあと、ぼくは思った。人を殺したくなるのに足るくらい、心に圧力をかけるのだ。そして、人によって、何を雑音と思うかが、まったく異なるのだから、世の中、何が起こるのか予想もつかない。そのことを、ぼくが言うと、後藤は、感心したように頷いた。

「そういや、飛行機マニアの子供たちが、カメラ持って大挙して押し寄せてくるもんなあ、うちの辺は。考えらんねえよ」

「いたいけな子供たちを楽しませるために、保父さんにでも方向転換しなよ。うるわしいぜ」

後藤は、怒りのために顔を真っ赤にして、ぷいと席を立ってしまった。他の連中は、げらげら笑いながら、土曜の晩に、松井の家に泊まる相談を始めた。やれやれ。ぼくは溜息《ためいき》をついた。ぼくには、しばらく前から気にかかっていることがあるのだった。隣の部屋から聞こえて来るセックスの時の物音など、どうでも良かった。ぼくは、ぼんやりと、窓の外に目をやった。何か心の内にせり上がって来るものがある。憂鬱《ゆううつ》というのではない。もっと得体の知れないものだ。心の内側にある何かが急に重みを増して、ぼくを押しつぶしそうになる。

その日、ぼくは、電話もせずに、桃子さんのアパートを訪れた。夜中に急に彼女の顔を見たい衝動に駆られたのだ。夏の終わる気配を夜の空気に感じ《し》て、それを彼女に告げたくなったのだ。季節は、いつも暦を裏切り、名残りの尻っぽを落として行く。空気は秋でも、影は夏、そういうことに気付くと、ぼくは桃子さんに伝えたくてたまらなくなるのだ。夏の影法師を踏むような足取りで、ぼくは月夜の晩に、彼女の部屋をノックしに行ったのだった。

ドアの隙間《すきま》からは、明らかに人の気配が洩《も》れていた。にもかかわらず、ぼくのノックには返事がなかった。それどころか、急に、沈黙を組み立てたような不自然な静けさが、ぼくの前に立ちはだかったのだった。ぼくは、今度は、もう少し強くドアを叩《たた》いた。もちろん、何の応答もなかった。ぼくは、恐怖すら感じて冷汗をかいていた。再びドアを叩いた。すると止まらなくなり、ぼくは握り拳《にぎりこぶし》が腫《は》れる程、力任せにドアを叩き続けた。

疲れ果てて、ぼくは、手を降ろした。呆然《ぼうぜん》としていた。彼女は、ぼくに会いたくないのだ。あるいは、会えない事情があるのだ。それに気付いた時、ぼくは、その場を立ち去るしかなかった。

とうに電車のない時間だった。ぼくは、二駅ぶん歩かなくてはならなかった。何かが起こりつつあるのだと、ぼくは思った。これまで当たり前に思って来たことが、すべて変わってしまうだろう予感に、ぼくは、呆然とし、信じられない思いで、ただ歩き続けた。しっかりしろ、しっかりしろ。ぼくは、家に辿《たど》り着くまでに、何度も自分を叱咤《しった》激励《げきれい》した。自分が衝撃を受けているのは、夜中に歩かなくてはならない面倒のためだと思い込もうとした。しかし、それは気休めにしか過ぎなかった。心の不安は、肉体なんぞにかまってはいられないのだ。

その夜、ぼくは、朝まで眠れなかった。ああ、元気なぼくは、いったい、どこに。眠ること、食べることへの欲望を日常のことにしていたぼくは、それらを失《な》くして、初めて、体をコントロールするものが何であるかを悟ったのだった。ぼくは、朝食を食べることが出来なかった。

当然、母と祖父は驚いてぼくを見ていた。

「だいたい、秀美は、夜遊びが過ぎるのよ。昨夜もずい分遅かったじゃない」

「ほお、仁子も一人前の母親のようなことを言う。昨夜も、ずい分、遅かったくせになあ」

母は、顔を赤らめた。ぼくは、いつもの二人のやりとりに口を出す気にもならなかった。

「また桃子さんのとこに行ってたの？」

「そうじゃないよ、うるせえな」

「まあ、こわい。女性にそういう口のきき方すると嫌われるわよ」

「男にそういう物言いする女も嫌われるよ」

「なによ‼　お父さん、どう思う⁉　秀美の態度ったら」

祖父は、面倒臭そうに納豆をかき混ぜていた。ぼくは、お茶をやっとの思いで流し込み家を出た。

その夜、ぼくは、いても立ってもいられず、桃子さんの働く店に行った。彼女は、いつもと変わらない様子で、ぼくに何を飲むのかを尋ねた。ぼくは、昨夜のことを問いただしたい思いでいっぱいだったが、彼女のこだわりのない様子を前に、どうしても口を開くことが出来なかった。もしも、何かを隠しているのなら、すごい演技だぞ。ぼくは、そう思い、恨めし気に彼女を見詰めていた。

客は、ぼくの他に三人程いた。その内の二人はカップルだったので、ぼくの関心の対象にはならなかったが、ひとりで酒を飲んでいる男がどうしても気にかかり始めた。どうも、彼に対して、桃子さんが優し過ぎるように思えたのだ。それまで、カウンターに座る客などに注意を払ったことなどなかったが、桃子さんの前で笑う奴、すべてが気にかかり始めた。

そうだ。ぼくは、昨夜、桃子さんが誰か男と部屋にいたのではないかと疑い始めていたのだ。それまでは、考えつきもしなかったが、そういうことがないとは言えないのだ。ぼくは、今まで自分を卑下したことは一度もなかったが、桃子さんに相応《ふさわ》しい男という資格を考えると挫折《ざせつ》してしまう程に弱かったのだと気付いて愕然《がくぜん》とした。ぼくが、自信と思っていたものは、こんなにも呆気なく崩れてしまうものなのか。なんと言っても、ぼくから、食欲すら奪ってしまうのだから、好きな女性に対する疑いとはすごいものだ。なんて、感心している場合ではないぞ。

ぼくは、カウンターの内側の桃子さんを見詰めながら、この女性が、他の男とつき合う時、どのような態度を取るのだろうと想像していた。彼女は、いつも、シンプルな絹のブラウスを着ている。ぼくの母親のけばい感じとは大違いに品が良い。それなのに、高校生の男をたらし込んでいるのだから、凄腕《すごうで》なのである。ああ、たらし込まれてしまったぼく。

今まで、この年上の女性と対等につき合っていたつもりだった。けれど、そんなことはなかったのだ。ぼくは、体じゅうを彼女に支配されていたのだ。熱く密度の濃いものが内側で出口を捜すようにうずまいている。ドアの隙間から他人の気配を感じ取ってしまうなんて、まったく都合の悪い時に、人は敏感になるものだ。

ぼくは、店の閉まる時間まで、カウンターに座っているつもりだったが、桃子さんに諭《さと》されて、家に戻った。そう言えば、夕食の当番をさぼってしまったんだっけ。祖父は、眼鏡を外して、ぼくの顔をじろじろ見た。

「おじいちゃん、ごめん。夕飯、食った？」

「ふん、飢えて死にそうだぞ」

「母さん帰ってないの？」

「風呂《ふろ》だ。心配するな。飯は食ったよ。それより、いったい、何なんだ。女か」

「そうです」

「ふーっふっふ、そうか、色事か、こりゃたまらん」

ぼくは、呆れ返って祖父を見た。何が、たまらんだ、いつも、ふられてばかりいるくせに。ぼくは、水道の水を飲みながら思った。やはり、桃子さんは、よそよそしかったような気がする。不安は、ぼくの神経を、すべてぴんと立たせて彼女の方に向かわせる。ぼくは、味わったことのない思いに浸っていた。

恋に関する本は、色々、手にしたことがある。どれも頷けることが多いのだが、自分の場合に当てはめたことはなかった。ぼくの恋は、常に、笑いと欲望に満ち、教えを必要とする類《たぐい》のものではなかった。人の感情は、千差万別で、例として取り上げることなど出来ないものだ。どんなに尽くされた言葉でも、自分の気持とは、どこかが違うのだ。それは、人間が違うからだ。それでも、自分でない人の書いた恋の話を人々は求める。いったい、何を確認したいのか。

「おじいちゃん、ぼくは苦しいよ」

「そうか、そうか、それは良かったなあ」

お話にならねえや。ぼくは、恋愛にもっとも役立たないのは肉親であると確信した。相談なんて出来ない。血のつながりが恋愛話に適さないのは、それが、あらかじめ浪漫《ロマン》から最も遠い所にあるものだからだ。気恥しくって。気恥しい？　恋の浪漫は、それでは気恥しいものなのか。もしかすると、恋に酔うぼくは、恥しいものとして桃子さんの目に映っていたのではないだろうか。ぼくは、自分の頬《ほお》に血がのぼって行くのを感じた。桃子さんに対するあの行為も、あの言葉も、そう言えば、とてつもなく恥しいものだった。特に、ぼくのセックスの時の態度と来たら。ああ。セックスは血のつながりを繁栄させて行くことだぞ。そこに、持ち込んだ数々の詩。これは恥しい、恥しいぞ。

ぼくは、ううと呻《うめ》いて床に座り込んだ。

「どうした、秀美、食い過ぎか」

「違うよ。セックスを思い出して恥しくなってるんだよ」

「うむ、あれは確かに愚行であるぞ」

祖父は、もっともらしく腕組みをして何度も頷いていた。

翌朝、重い足取りで学校に行くと、後藤が、ぼくの席にやって来た。

「時田、おれは、政治家になるのを止《や》めることにしたよ」

「なんで？」

「飛行機どころではない問題が出来た。実は、ぼくの町内のごみ捨て場が滅茶苦茶《めちゃくちゃ》なんだ。誰も、燃えるごみと分別ごみを分けて出さないんだぜ。こんなこと、あっても良いと思うか。地球の危機が叫ばれてるんだぜ」

「それで？　市役所にでも就職するのかい？」

「小さい、小さい。おれは、学者になって、エコロジーの研究をすることに決めたんだ」

「あ、そう」

「そんな気のない反応すんなよ。おれは、もう割《わ》り箸《ばし》も使わない。ちゃんと、箸箱を買ったんだ」

「そうか、じゃ、おまえとも、もう、ラーメン食いにいけないな。ぼくたちが、割り箸を使ってたら、腹立って、ラーメンの味なんか解んねえだろ」

「そんな。仲間外れにしなくたって」

「飛行機の雑音はどうした」

「そりゃ気になるけど、今では、缶《かん》を投げ捨てる音の方がはるかにうるさいよ」

「いいなあ、重大問題が、ころころ変わる奴ってうらやましいよ」

ぼくは、黒川礼子に話をしてみた。桃子さんを直接知っているのは彼女だけなのだ。

「男が女に恋愛の相談をするなんて、なってないわ」

礼子は、冷やかな調子で言った。

「でも、時田くん、余程、困ってる？」

「うん」

「可哀相に。でも、他人に相談しても、その種のことって、どうにもならないのよ」

「別に相談を持ちかけているんじゃないよ」

「桃子さんに、聞いてみるしかないわね」

そう言って礼子は、鞄《かばん》の中から文庫本を取り出して、ぼくに渡した。

「ふられたら、これでも読んで、感傷に浸ってみれば？」

「何の本？　本なんて、それこそ役に立たないよ」

「詩集よ。役に立つのよ、これが。恋愛自体にじゃなくて、自分自身の途方に暮れた気持にね」

ぼくは、それをズボンのポケットに押し込んだ。礼子も、案外、ありきたりのことしか言わないんだなあと思い、ぼくは落胆して溜息をついた。しかし、桃子さんに聞いてみるしかないのは本当だった。ぼくとしたことが、確かめもしないで苛々《いらいら》しているなんて、余程常軌を逸していたと思われる。ぼくは、桃子さんに、あの夜のことを問いただしてみる決意をした。考え過ぎということもあるじゃないか。

ところが、桃子さんは、あっさりとこう言った。

「ごめんね、秀美くん。あの晩、私、男の人といた」

「寝てたの？」

何という即物的な質問だろう。ぼくは、他の言葉が見つからずに、そんなことを尋ねた。けれど、彼女は、もっと、即物的に言葉を返した。

「してたの」

唖然《あぜん》として言葉を失っていると、彼女は、すまなそうに上目づかいで、ぼくを見た。

「昔の人。すごく愛してた人。でも、またそういう関係になろうとか、そんなんじゃないの。突然、訪ねて来たんだけど、お互いに、終わったんだなあって感じを持ってたわ。友情のようなものすら感じてた。嬉《うれ》しかったわ。昔、すごく傷付け合ったから。すごく静かに、懐《なつか》しいことを語り合ったわ」

「そのついでに寝たってわけ？」

桃子さんは、少しの間、言葉を選んでいた。

「ついでというのじゃないの。寝るってことも、その懐しいことの中に入ってたのよ。すごく温かい気持がしてた。その時に、秀美くんがドアを叩いたの。私、出て行くこと出来なかった。でも、彼と続けることも出来なかった。あおざめて、じっとしてるだけだった。それだけ」

「それだけなんて言い方、よく出来るなあ。ショックだよ、ぼく」

「ごめんね。でも、秀美くんとのことと、彼とのことは別だから。あなたと別れたいなんて思ってないよ。でも、あの晩のことも後悔してないの。気を悪くしてると思うけど、静かに、笑うように、彼と寝られて良かった」

ぼくは、今まで、桃子さんが、他の男と寝てしまう可能性など考えたこともなかった。そういうことは、ぼくと別れた後にするだろうと思っていた。ところが、そうではなかったのだ。思い出話をするように、男と寝るなんて。そして、そのことが、彼女にではなく、ぼくに圧迫感を与えているなんて。ぼくは、すっかり混乱していた。涙が目に滲《にじ》んで来たので、慌《あわ》ててごしごしとこすった。

「ぼくは、どうすればいいの？」

桃子さんは、困ったように微笑した。

「解らないわ。あなたが決めることよ。でも、私は、あなたと別れたいとは思ってないのよ。解ってもらえないと思うけど、あの夜、素敵な時間を過ごしたわ。あなたに黙ってたことだけを、私、謝るわ」

ぼくは、ひとりになり、ぼんやりと考えた。夜の公園には、ぼくだけしかいなかった。ふと、気が付いて、黒川礼子から借りた文庫本をポケットから取り出した。ぱらぱらとめくると、そこには、いくつもの恋の詩が並んでいた。何故《なぜ》かページの余白が目に染《し》みた。いくつかの詩は、恋を失くした心を言葉にしたもので、ぼくを寂しくさせた。けれども、大声で泣くというような悲しみを誘うことはなかった。

ぼくは、書物の効用というのを思った。気持は静かだった。ぼくは、まさに感傷に浸っていたのだった。ドアを叩く自分の姿が浮かんだ。必死で可愛《かわい》らしいと思った。夢中だった。他のことなど目に入らなかった。あの時、ぼくは、敏感であり、そして鈍感でもあったのだ。桃子さんの心の内は、今も解らない。けれど、恋の終わりということを思い浮かべると、これまでの桃子さんとの日々が、素晴しいものに思えて来る。まだ終わりにしたくない。ぼくは、つくづく思った。詩が心に染み通る。こんな時に、彼女を愛したいものだ。それなのに、無我夢中になると、詩などお呼びでなくなる。あのドアの音、すごくうるさかっただろう。きっと、彼女にとっては、一番の雑音だったのではないだろうか。ぼくの嫉妬《しっと》の音。ぼくの心も叩いた。うるさかった。それなのに、この本の上に漂う静けさときたらどうだろう。外灯の明かりの下で辿る文字は、激しくもあり、悲しくもあり。けれども、決して嫌な音を立てないのだ。ひっそりと、ぼくの内側に広がるばかりなのだ。

ぼくは立ち上がり、本をポケットに戻した。すぐには、結論なんて出やしない。解ったのは、人は、恋人とでなくても、寝てしまうこともあるよなあということだった。政治家から学者に目標が移ってしまうように、重大事が、ふとそうでなくなる瞬間もあるだろうなあということだった。

土曜の晩、ぼくたちは松井の部屋に皆で集まった。今日は、お泊まり会があるの、というぼくの言葉に、母は気味悪そうな表情を浮かべていた。

「お泊まりですって、いい年して。あー、気持悪い。お父さん、何か悪いこと企《たくら》んでるって思いませんか？」

「自分と息子を一緒にしちゃいかんよ。きっと、一晩じゅう人生について語り合うんだろう」

「ますます気味悪いわ」

ぼくは、肩をすくめて、逃げ出すように家を出た。松井の部屋に着くと、皆、不思議そうにぼくを見た。

「あのなんとかっていう年上の彼女と一緒に過ごすんじゃなかったの？」

「それに、おまえ、興味ないって言ってたじゃん」

まあまあ、とぼくは皆を制しながら、畳に座り込んで、ビールの栓《せん》を開けた。

「皆、飲むのはいいけど、おれの部屋で吐くなよ。この間、ひでえ奴がいたんだから」

「はーい!!」

ぼくたちは、くだらないお喋《しゃべ》りに興じながら隣の物音に気を使った。しかし、いくら待ち続けても、隣の部屋は静まり返ったままだった。その内に、ぼくたちは、慣れない酒ですっかり酔ってしまい、騒ぎ始めた。

「冗談じゃないよなあ」

「何のためにここに来たんだか。こんな時にセックスしないなんて隣人の価値ねえよ」

勝手な言い分だった。ぼくは、酔いで体がだるくなり、ごろりと横になった。ふと桃子さんの顔が思い出された。会いたくてたまらなかった。けれど、彼女の言いなりになっていると思われるのは癪《しゃく》だった。

ドアを叩く音が聞こえた。ぼくは、あの晩のことを思い出していた。すると、外から、少し静かにしてくださいよ！と怒鳴る声が聞こえた。皆、一瞬、顔を見合わせて沈黙した。ぼくは、起き上がって、松井に尋ねた。

「隣の人？」

「うん。でも、彼女、来てないみたいだね」

皆、がっかりして、寝る準備をし始めた。松井だけが、あの二人は別れてしまったに違いないと嬉々《きき》として語っていた。これから安らかな日々がやって来るんだなあ。ようやく眠りにつけるぞお。

ぼくは、安らかな眠りにまだつけない。ノックの音は、まだ、ぼくの心に響いている。叩くのを止めなきゃ。ぼくは思う。休みたい人には、静かな場所を提供しなくてはならない。溜息のそよぎも感じ取れる静かな休息の場を作り上げたら、ぼくは、桃子さんに電話をしようと思う。

健全な精神

昼休みが終わり教室に戻ると、ぼくの机の中に折りたたんだ紙切れが入っていた。開いて見ると、メッセージが書かれている。隣のクラスの真理からだった。

「今日の職員会議の結果を待ってみないと解《わか》らないけど、多分、私、明日から停学になる。つまんないから、私のうちに遊びに来いよ。お待ちしてますわ。真理より」

とうとう停学になったか。ぼくは、ひとり静かに頷《うなず》いた。薄化粧をして登校する真理は、いつも教師たちのひんしゅくを買っていたのだ。注意されると、平然として、素顔です、などと答える。そんな毛穴のまったくない素顔などあるかと、ぼくは思うのだが、男子生徒の一部には、熱狂的な彼女のファンもいるらしい。あの素顔がたまらないのだそうだ。

ぼくは真理を中学の頃《ころ》から知っているから、彼女の眉《まゆ》がもっと薄くて途切れているのも、目の下に雀斑《そばかす》があるのも承知だ。スタイルは確かに良いけれども、とびきりの美人とは言いがたい。華やかな容姿は、努力に値していると言った方が当たっている。彼女は、暇さえあれば、鏡を覗《のぞ》き込んで悦に入っているのだ。決して気を抜いていない。誰が自分を見詰めているのか解らないと言うのだ。

確かに、いつも、誰かひとりは彼女を見ている。女を良く知らない男子高校生にとって、彼女のような女の子は、一番身近な性的対象になる。ぼくは、昔から親しいうだけで、そいつらから、羨望を浴びているのだ。まったく。ぼくは、真理に特別な感情なんて、まるで持てない。それは、誰もが魅力的な大人の女だと賞讃《しょうさん》するぼくの母親を見て溜息《ためいき》をつく時の気分と同じ質の思いを真理に対して抱いているからだ。女は、安全な男に対して、どうしてこうも気を許すのか。真理は、ぼくの前では、大小便の欲求まで、きちんと口に出して伝えるのだ。それなのに、他の男子に対しては、髪をかき上げながら上目づかいで媚《こび》を売るのだから、呆《あき》れてしまう。

そういう女生徒には当然のことながら、女友達がいない。同級生たちは、いつも苦々しい表情を浮かべて、彼女を見ている。けれど、真理は、そんなことをちっとも気にしていないのだ。醜い女友達ならいない方がまし、と公言して、ますます嫌《きら》われている。まあ、それも仕方がないか、とぼくは彼女のマスカラで黒々とした睫毛《まつげ》を見るたびに感じている。

真理の予想どおり、彼女は、翌日から一ヵ月の停学になった。なんでも、六本木のクラブで教師とはち合わせしてしまったのだそうだ。皆、驚いていた。真理が、六本木で酒を飲んでいたことにではない。教師の安月給で、そんなところに行けたということに対して言葉を失ったのだ。

「なんか、真理ちゃんの顔を一ヵ月も見られないなんて寂しいなあ」

サッカー部の奴《やつ》らは、そんなふうに呟《つぶや》いて肩を落としていた。実を言うと、ぼくも、少し残念だ。ああいう女の子は、学校生活を波乱含みにするための必需品なのだ。ぼくは、放課後、彼女の家に遊びに行くことに決めた。

真理の母親は、ぼくが訪れたことに恐縮していた。ぼくが、彼女を心配していると勘違いしているのだ。まさか、そんな。ぼくは、彼女をからかってやろうと思っただけなのだ。だいたい、あの真理が一ヵ月やそこらの停学で気落ちしているとは思えない。

案の定、真理は、顔に真っ白な液体を塗りたくったまま、ぼくを出迎えた。

「私を笑わせたら承知しないわよ。あと十五分は、パックしなきゃならないんだから」

「笑わせたら、どうなるのさ」

「皺《しわ》が出来ちゃうのよ」

真理は、なるべく口を開かないように話した。まるで怪奇映画の主人公みたいである。ぼくは、おもしろいので、彼女を笑わせようと何度も試みた。

「隣の家に囲いが出来たってね。へーかっこいい」

真理は、唇《くちびる》を震わせていたが、ついに、ひっくり返って笑い出し、顔に塗った物体を引き剝《は》がした。それは、すでに液体ではなくなっていて、ゆで卵の薄皮をそうするように固まっていた真理の顔はつるりとむけた。

「笑っちゃいけないと思うと、どんな冗談でも笑っちゃうのよねえ。ああ、もう！　私もまだまだ修業が足りないな」

「あのさあ、ちょっと聞いていい？」

「なあに？」

「真理って、ぼくの前では全然気をつかわないわけ？」

「つかって欲しいの？」

「そうじゃないけどさ。あまりにもひどいよ。女は、ひとりきりでいる時こそ、気を引き締めなきゃいけないって言ってたよ」

「誰が？」

ぼくは言葉に詰まった。それは、恋人の桃子さんが言っていたのだ。もう元恋人と言った方がいいのかもしれない。彼女とは、もう長いこと連絡を取り合っていないのだ。そのことは、ぼくの心に、いつも影を落としている。

真理は興味深そうに、ぼくの顔を見詰めていた。ぼくは、話題を変えなくてはと言葉を探した。そう思うと、ますます桃子さんの顔ばかりが目の前に浮かんで来る。あの柔らかくウェイヴのかかった髪や絹のブラウスなどが。ぼくに自分を憎ませることなく二人の間に距離を作ってしまった彼女が、どうしようもなく腹立たしい。

「あの年上の彼女が言ってたのね」

「別に誰だっていいだろ」

「別れたんだって？　誰かに聞いたよ」

「別れてねえよ」

ぼくは、そのことに、あまり重大な意味を持たせないように、わざと投げやりに言った。

「ふられたの？」

ぼくは顔を上げた。真理は、そんなことはお見通しだと言わんばかりに頷きながら、母親の運んで来た紅茶をいれた。良い香りが部屋じゅうにたちこめていた。ゆっくりと葉を開かせるようにいれたお茶は、いかにも深まる秋に相応《ふさわ》しい。桃子さんも、紅茶をいれるのが上手だったなあ、とぼくは、情けないことに、再び思い出す。木の葉が色づいて行くように、お茶の色も、秋には深くなるのよ。そう言って、彼女が注いだ紅茶は、陶器の紅茶茶碗《こうちゃぢゃわん》のふちに、金色の輪を作っていた。ぼくは、自分の心に無骨に散らばっていた浪漫《ロマン》の芽をいつも桃子さんの言葉や仕草で育ててもらっていたのだ。

「秀美はねえ、要するに健全過ぎるのよ。だから、ふられちゃうのよ」

「いいじゃないか、健全なのって」

ぼくは、真理の言葉の意味を計りかねて、首を傾《かし》げていた。

「そりゃ、いいわよ。安心出来るわ。でも、男と女のことに関しては、どうかしら。つまんないわよ、あんまり健やかなのってさ。体が健全なのは基本なのよね。健康な肉体って素敵だと思う。特別な好みを持つ人もいるけど、たいていの人は、健康な肉体に性的なアピールを感じるわ。肉体って、即物的なものだもん、恋愛においてはね。解り易《やす》いっての？　でも、精神状態も、健全だってのは困るのよ。もっと、不純じゃなきゃ。いやらしくないのって、つまんないよ」

「ぼくが、いやらしくないから桃子さんにふられたっての？」

「私は、そう推測するね」

真理は得意そうに鼻をこすった。女って、変なことを言うなあとぼくは思っていた。いやらしい男の人は嫌いだと、彼女たちはいつも言っているくせに。真理は確信を持っているらしいけれど、ぼくの周囲の女の子たちは、皆、一様に、さわやかな人が好みだと言っているぞ。

「私は、そういう綺麗《きれい》ごとを口に出すのって、好きじゃないの」

真理は、いつのまにか、やすりで爪《つめ》を磨《みが》き始めていた。女には装うための道具が沢山あることは知っていたが、真理の前には、ぼくの見たこともないものが沢山並んでいた。

「この棒なに？」

「甘皮を押すのよ。ほら、爪の根元に薄い皮があるでしょ。これを甘皮って言うのよ。ね、秀美、もっと、やらしい男になんなよ。まだ子供だから無理かもしれないけどさ。あんた、いい人だけど、あんまり色気ないよ」

「やらしいって、セックスのこと？　でも、男と女って、それぱっかりじゃないだろ？」

「でも、始まりは、そういうことなんじゃないの？　私が嫌《いや》なのはさ、ほら、クラスの女の子とかが、上級生とかに憧《あこが》れて、きゃあきゃあはしゃいだり、片想《かたおも》いや両想いだって、純愛ごっこをすることなんだよ。男と女が魅《ひ》かれ合うのって、動物の雄と雌が求め合うのとそんなに変わりないと思うんだよね。片想いで恋焦《こいこ》がれるのは結構だけど、そこには、必ず、セックスに訴えてる部分って大きいように思うわけ。好きな人の前で顔が熱くなったり、胸がどきどきするのもそう。求めてるって気持が体に表われるじゃない？　クラスの女の子なんて、セックスの経験乏しいからさ、わかんないのよ、きっと。神経が、下半身までまわんないのよ。あの子たち、私がこんなことを言うと、すごくやな顔する。自分たちは、もっと純粋なんだって、思いたいみたいね。プラトニックな恋愛ってのももちろんあるでしょう。でも、それは、相手が欲しいって気持を続かせてるだけだと思う。欲求不満の快感なんだと思うわ」

　なかなか説得力がある、とぼくは思った。求めているということの意味が、今のぼくには良く解るのだ。桃子さんに会いたくてたまらないというのは、言い代えれば、彼女と寝たくてたまらないということなのだ。それは、セックスをするということに含まれるあらゆる事柄《ことがら》を恋しがっているということだ。もっとも親密になれる空間を共有したいと願っているのだ。その望みは、健全すぎるだろうか。

「好きだから一緒にいたいって思うことって、つまんないことかなあ」

「思い余って、彼女を滅茶苦茶《めちゃくちゃ》にしたいとかは思わないの？　私だったら、そうされたいな。乱暴するとか、そういうことじゃないよ。気分的に、そういう思いが伝わって来るかってことだけど」

「思わないこともない。でも、我慢してるの」

「いいじゃん。うんと、我慢したらいいよ。そしたら、健全な精神なんて、今度、彼女に会ったら、どこか行っちゃうよ」

　そう言うと、真理は、自分の甘皮を棒で押した。なんだか、すごく痛そうだ。爪の面積が見る間に広くなって行く。男に見られるということのために、そんなふうにしてまで爪を手入れするのかと思うと、ぼくは、自分の爪にまで痛みが伝わるように感じる。真理の言葉に影響された訳ではないが、そこには、不健全な匂《にお》いが漂っている。

翌日、偶然にも、ぼくは、教師の口から、健全という単語を聞いて、不思議な気持になった。体育の授業をさぼって、部室にたむろしていた生徒たちが、廊下でさらし者のようにされて叱《しか》られたのだ。彼らの足許《あしもと》に煙草《たばこ》の吸《す》い殻《がら》が落ちていたことが、教師を激怒させたのだ。

「おまえたち！　本当に何を考えているんだ。先生は情けないぞ!!　健全な肉体に健全な精神が宿るという言葉を知っているだろう!!　受験科目にない授業だからって、体育の授業をさぼっていいことにはならんぞ！」

叱られている生徒たちは、気まずそうに下を向いているだけだった。いつのまにか、野次馬が何人か集まって来て、彼らをおもしろそうに見物していた。

ぼくは隣にいた同じクラスの生徒に尋ねた。

「健全な肉体に健全な精神が宿ると思う？」

彼は、肩をすくめてぼくを見た。

「健全って、いったい、なんなんだよ」

そんなことは、ぼくにも解らない。だから尋ねているのだ。健康であることだろう。しかし、肉体の健康さは、はっきりと説明出来るが、それに宿る健康な心というのが良く解らない。教師の言う言葉によると、健康な奴は、皆、良い人になってしまう。それでは、病気を持っている人に気の毒ではないか。

放課後、ぼくは桜井先生を誘って、サッカー部の練習の後に、ラーメンを食べに行った。そこで、健全なる精神について尋ねたのだが、先生は、情けない表情を浮かべて丼《どんぶり》から顔を上げた。

「時田よ、ぼくは、そのことに答える資格などないのだ」

「どうしてですか。やはり、どこか、不健全なところがあるんですか？」

「うん。体にも自信がない。心もよこしまだ」

「そう言えば、先生はセックスが弱いと言ってましたね。でも、心がよこしまだってのは知らなかったな。すごく良い人に見えるけど。本当は、良からぬことを考えたりしてるんですか？」

桜井先生は、不貞腐《ふてくさ》れたようにラーメンを啜《すす》っていた。セックスが弱いという言葉に気分を害したようだった。

「どうして時田は、そんなことを考えるようになったんだ？」

ぼくは、真理との会話の内容を先生に話した。先生は、興味深そうに、ぼくの話に耳を傾けていた。

「彼女は、わりと賢いな。心身共に健康なのは、もちろん良いことだが、無駄《むだ》がなさ過ぎて退屈なんだと言いたいんだろう。時田、いいかい、世の中の仕組は、心身共に健康な人間にとても都合良く出来てる。健康な人間ばかりだと、社会は滑らかに動いて行くだろう。便利なことだ。でも、決して、そうならないんだな。世の中には生活するためだけにならない、必要ないものが沢山あるだろう。いわゆる芸術というジャンルもそのひとつだな。無駄なことだよ。でも、その無駄がなかったら、どれ程つまらないことだろう。そしてね、その無駄は、なんと不健全な精神から生まれることが多いのである」

「へー」

桜井先生は、自分で自分の言葉に感動したらしく、芸術というものに関して話し始めた。ぼくは、上の空で、先生を、ぼんやり見ていた。もちろん、桃子さんとのことを考えていた。

男と女のことにも、どうやら無駄が必要らしいと、ぼくは気が付いた。愛し合っているからセックスをする。この事実には、少しも無駄がない。そして、子供まで出来てしまったら、無駄がないどころか、効率が良いと言うべきだろう。でも、そこには、恋愛の創《つく》り出す芸術の要素が、まったくないのである（なんて大袈裟《おおげさ》な）。恋愛においての芸術的要素とは一体何か。そこに、どうも秘密が隠されているようである。

「おい、時田、先生の話をちゃんと聞いてるのか」

「聞いてますけどねえ。なんか、難しくって」

ぼくは頭を掻《か》いた。目先の芸術論より、遠くの恋人が気にかかる。ああ、なんて、ぼくは卑小な奴。芸術は無駄から始まるかもしれないが、恋愛に無駄を持ち込むのは難しいのである。そのことを口に出したら、桜井先生は、あっさりとこう言った。

「恋愛だって、なきゃないですませられる人も多いんだぞ。うつつを抜かしているおまえは、いろんな無駄を作ってる。ほら、ラーメンものびて来てるぞ」

即物的な人だと、ぼくは思った。少なくとも、健全な肉体は保っているではないか。肉体は、なんと解り易いことか。ラーメンをのびる前に食える。そんなことで、健全さが証明出来るのである。

その夜、ぼくは、桃子さんを思い出して、二度もマスターベーションをした。三度目にも挑戦《ちょうせん》しようとしたが、ぼくの肉体は健全になることを拒否していた。ぼくは、枕《まくら》を抱えて、なんだか、ここしばらくの間、すっかり堕落したように感じた。何が芸術的要素だ、とぼくは思った。こんなに精液を無駄に使っちまったわい。無駄が芸術を創るって？　そんな高尚《こうしょう》なものは欠片《かけら》もないぞ。ぼくは、好きな女にも、堂々と会いに行けずに、こんなことをしている寂しい奴なのだ。あー、やだやだ。これは、ぼくの求めている状態では決してない。

そうだ。欲望はスポーツで解消しよう！　などと、馬鹿馬鹿《ばかばか》しいことを考えた訳ではないが、ぼくは、サッカー部の練習に熱中し始めた。部員は、ぼくの一心不乱の練習ぶりに呆れていた。どこかおかしくなったに違いないと、ひそひそと話をしている奴もいた。そんな会話を耳にすると、ぼくは、大声で彼らを叱咤《しった》した。

「ほれほれ！　おまえらも、しっかり練習しないか。健全なる肉体には、健全なる精神が宿るのだ！　わっはっはっは」

健全を通り越して不健全だと言う者もいた。そうかもしれない、とぼくも思う。でも、もう、どうだっていいのだ。こうなったら、とことん健全になってやる。ぼくは校庭を走り、ボールを蹴《け》り、シュートを決めた。ぼくは、息を切らして、汗をかき、筋肉を付け続けた。そして、夕方、さあ今日も、健全に一日が終わったぞ、と叫ぶのだった。

ところが、家に戻ると、ぼくは疲れ果てて、すっかり食欲を失っているのだった。当然、母と祖父は心配していた。大飯食らいのぼくが、ごはんを一膳《ぜん》しか食べられないのだ。

「どうしたのかしら、この子、病気かしらね、お父さん」

「うむ、拒食症というやつかもしれん。はやりだからな」

「恐《こわ》いわあ。うちのエンゲル係数が低くなるなんて気味悪いわあ」

二人は口々に、ぼくの様子がいかにおかしくなったかを話した。ぼくは部活が忙しいのだ。ただ、それだけなのだ、と言いたかった。無駄にぼんやりする時間を作らないよう、熱心に練習に打ち込んでいるだけなのだ。

ぼくは、確かに、人よりも多く体を動かしていた。しかし、何故《なぜ》なのだろう。何も考えまいとすればする程、色々なことに目が止まる。部員の吐く息が、まるで漫画の台詞《せりふ》のふきだしのように、くっきりと見えたり、毛穴に汗の湧《わ》くその一瞬を確認してしまったりするのだ。もちろん、時間の流れも良く解る。時計を持たずとも、時が空気に刻み込む確かな時刻が解るのだ。あらゆるものが、明確に、姿を現わして、ぼくのまわりを取り囲んでいるように思えて来るのだ。

昨日よりも今日の方が冬に近付いているというのが解る。今日が何を昨日に残して来たのかを感じ取ることも出来る。土の柔らかさは、ある時には雨の訪れを感じさせるし、水道の水が、体の隅々《すみずみ》に染《し》み渡る早さを追うことも出来る。

「なんだか、頰《ほお》が少しこけたんじゃないか、おまえ」

桜井先生は、ぼくの顔をまじまじと見詰めて言った。

「でも、体には異常ないです。食欲が少しないけど」

「あんまり無理するなよ。スポーツは楽しくなきゃ意味ないぞ」

「そうかなあ。何でもそうですかねえ。楽しくないと意味ないかなあ」

「苦しいのを我慢すれば成長するって考えるのは、先生の趣味に合わんからな。ま、自分で苦しいのを選択する場合は、けっこうだけどな」

　ぼくは苦しいなどとは思っていない。むしろ、苦しさから逃げ出すために体を鍛えているのだ。桃子さんのことは思い出さないように試みた。すると、彼女の溜息や髪が揺れてこぼす匂いなどが独立したものとして、ぼくの脳裏に焼き付くのだった。彼女の顔も姿もそこにはなかった。ただ本当は形を持たないつかみどころのないものが、ぼくの内側にきちんと置かれて行くように感じるのだった。声に色などない。しかし、色の付いた声が、ぼくの鼓膜に絡《から》み付く。指の作る風もそうだ。そんなものは存在しない筈《はず》なのに、それは、ぼくの内側をそよがせる。たとえば視線。その源である瞳《ひとみ》は、ぼくの記憶から失《う》せているというのに、視線は幾筋も束になり、ぼくの心を交錯している。ぼくは、この不思議な現象に合点が行かず、混乱を避けるために、追求するのを止《や》めた。すると、なんだか苦しいものがほとばしり、ぼくは、しばし呆然《ぼうぜん》とする。ぼくは、そんな時、あらゆる動作を止めて、一瞬の間、立ち止まる。すると、目に入るのは、悲しく輝く粒子に満ちた秋の気配のみなのだ。

　一ヵ月の停学期間が、あっという間に過ぎて、真理は学校に出て来た。ぼくがクラスの友人と廊下で話をしていると、聞きなれた真理の低い声が耳に飛び込んで来た。

「ひでみぃー、あれから全然うちに来てくれないんだもの。私、すっごく寂しかったわあ」

「言葉間違えてるよ。寂しかったんじゃなくて退屈してたんだろ」

「まあね」と、言って舌を出し、真理は、髪をかき上げた。明らかに、ぼくの隣の男子を意識しているようだった。一ヵ月が暇過ぎたのか、有意義だったのか、真理の肌《はだ》はつやつやと輝いていた。ぼくは、仮面のようなパックを思い出して吹き出しそうになった。

「秀美、少しやせた？」

「さあ、そうでもないんじゃない？」

「ふうん。なんか目付きが少しきつくなったね。禁欲生活、続いてんのね」

「なんだよ、それ」

「顔に書いてあるよ。セックスやりたーい、女を抱きたーいって。でも成功してるよ。普通、そう思う男って顔緩んでるけど、あんた違うもん」

「どういうふうに？」

「決意に満ちてる。女を奪うぞって。私、奪われてあげようか」

「やだよ。あんなお面かぶってた女となんか。今度、あれやってる時、死ぬ程、笑わせるぞ」

真理は、にこやかに、ぼくの友人に微笑《ほほえ》みながら、ぼくの足を蹴とばして教室に入って行った。ぼくの友人は、そんなことに気付かず、うっとりと真理の後ろ姿を見ていた。

ぼくの部活での練習熱心には拍車がかかっていた。その気迫に押されて、他の部員たちも熱心に練習に取り組んでいた。桜井先生だけが、ぼくたちの意欲に押されて怯《おび》えていた。やだなあ、もう。こんなに真面目《まじめ》になっちゃって。そう言いたげに不満そうな表情を浮かべて、校庭に立っていた。

ぼくは、それまで苦手だったパスもすみやかに出来るようになり、すっかり気分を良くしていた。そのせいだろうか。ぼくは、走りながらタイミングを崩し転倒してしまった。地面に頭が着いたというのだけは解った。冷たい、冷え込んで来たなと思った。土の匂いを嗅《か》いだと思った瞬間、ぼくは意識を失った。

気が付くと、ぼくは保健室に寝かされていた。ずい分と長いこと眠っていたような気がした。保健室の先生が、ぼくに気付いて近寄って来た。

「たいしたことないわ。軽い脳震盪《のうしんとう》。三十分ぐらい横になってれば、帰れるわよ」

ぼくは、先生に礼を言って、再び目を閉じた。ぼんやりと、色々なことを思い出した。真理や桜井先生のこと。クラスの友人たち。サッカー部の仲間。何故か、母や祖父のことまで思い出した。思い出のアルバムをめくるように記憶が姿を現わすのが不思議だった。ぼくは、彼らをいとおしく思った。とても、可愛《かわい》らしい人たちだと認識していた。そして、不意に桃子さんを思い出した。そこには、完璧《かんぺき》な姿の桃子さんがいた。美しい表情で笑う彼女のことを思った瞬間、ぼくは飛び起きた。

「あら、時田くん。まだ寝てていいのよ」

「い、いいんです‼　大切な用事を思い出したんです」

ぼくは、ベッドから降り着替えた。そして、保健室を走り出た。体は軽かった。当たり前だ。毎日、欠かさず練習を続けていたんだもの。ぼくは、部活の練習の時よりも早く走っていたと思う。遅れてはいけないという気がしていた。えーい、こうなったら走れメロスだぞ。ぼくは、意味不明の言葉を口にしながら、走り続けた。

桃子さんの働くバーの前で、ぼくは一瞬、躊躇《ちゅうちょ》した。深呼吸をしてから、ぼくは、重い鉄のドアを押した。懐《なつか》しい開店直後のバーの匂いとジャズの音が、ぼくを包んだ。

桃子さんは、少し驚いたように目を見開いて、ぼくを見た。ぼくは、カウンターまで歩いて行き、そのまま立ち尽くしていた。

「座りなさいよ」

桃子さんが言って笑った。ぼくは、その声が聞こえなかったかのように立ち尽くしたままだった。桃子さんは、腕組みをして、ぼくをながめていた。

「男が、そんな情けない顔するもんじゃないわよ」

ぼくは、自分の両方の頬を撫《な》でた。言葉が見つからなかった。

「会いたかった？」

そんな当たり前のこと聞くな、馬鹿者。そう言いたかったが、やはり出来なかった。

「ぼく、情けない顔してる？」

「してる。すごくいたいけ。すごく可愛いわ」

「情けないよ、ぼく。本当だよ。ああ、こんな筈じゃなかったのに。すごく情けないぞ」

「あら、いい風情《ふぜい》よ」

桃子さんは、吹き出しながら言った。ぼくは、泣きたい気持になって、慌《あわ》てて鼻を啜り上げた。桃子さんは、ぼくの肩に優しく手を置きながら、ぼくに鍵束《かぎたば》を渡した。

「私の部屋で待ってて。泣くのは、それからでもいいでしょ」

ぼくは背中を静かに押されて外に出た。

「今日、ぼくと寝る？」

桃子さんは意味ありげに笑って言った。

「飢えてるわよ、私」

　ぼくは、大きく溜息をついて、バーを出た。道すがら、ぼくは、ここ数日の自分の状態を思った。日々は、確実に過ぎて行ったが、自分がそこに何を残して行ったかは解らない。飢えていると彼女は言った。ぼくも空腹だ。それだけを感じている。自分の贅肉《ぜいにく》を食べ尽くしてしまったのだろうか。

　桃子さんの部屋のドアを開けた瞬間、ぼくの心の内側がじわりと溶け出したように思った。ぼくはめまいを感じて、ベッドに倒れ込んだ。健全な肉体。でも、こんなに情けない。さえないなあ、くたくただ。思い余って女を滅茶苦茶にするどころか、滅茶苦茶にされたのはぼくの方だ。

　ぼくは、毛布にくるまって、桃子さんの匂いを嗅いだ。それは甘くて、ぼくの体をうずかせた。ぼくは、これを、ずっと求めていたのだ。今夜は、ここに居座ってやる。ぼくはそう決意して笑った。どんなに、ぼくが、情けない男になっていたかを、一晩じゅう話して聞かせるのだ。

　ぼくは、その時、ふと思い出して、自分の爪を見た。男は不便だ。甘皮を押したからと言ってどうにもならないのだ。押すべきものが、もしあるとすれば、そこには、長い時間と高等技術が必要みたいなのだ。

○をつけよ

小春日和《こはるびより》の祭日、家族三人で早くも出した炬燵《こたつ》にもぐり込みテレビを見ていた。ううう、ぼくにも人並の幸福が訪れた、と思い感慨に浸るのはこんな時だ。ささやかな幸せ。ぼくは、なんだか良い家庭人になりそうな気がする。

母が熱い日本茶をいれ、ぼくと祖父は、ゆでたばかりのじゃがいもにバターをたっぷり載せて食べた。

「お父さん、そんなにバター載せたら体に悪いですよ。まったく年寄りのくせに、こってりしたもんが好きなんだから」

「何を言うか。日頃《ひごろ》、粗食ですませてるんだ。バターぐらい自由に食わせろ」

「なんか、裕福な気分になるよね、おじいちゃん」

母は肩をすくめて、テレビの画面に目をやった。番組は主婦向けのワイドショウである。芸能人の結婚やら離婚やら、三面記事になりそうな愛欲がらみの刃傷沙汰《にんじょうざた》やらをコメンテーターと呼ばれる人々が解説する、日頃馴染《なじ》みのないぼくたちには、なかなか、興味深い内容なのだ。最初の話題は、歌手が女優の部屋から朝帰りしたというものだった。女優の住むマンションの前で、レポーターが興奮気味に喋《しゃべ》っている。

「朝帰りしたからって大騒ぎされる人たちって、なんか可哀相《かわいそう》だよね、おじいちゃん」

「堪能《たんのう》したんだから、かまわんだろう。楽あれば苦ありだ」

「堪能ってやだなあ。変な言葉。すっげえ、いやらしいよ」

「性交渉は、いつの時でも嫌《いや》らしいものだぞ。だからこそ快楽でもあるのだ」

「ぼくは、嫌らしいセックスなんてしたことないな。いつも、純粋だもんね。浪漫《ロマン》って言うのかな。ははは、自分で言うと照れちゃうぜ」

「愚かな孫だ」

突然、母が、音を立てて湯呑茶碗《ゆのみぢゃわん》を置いた。

「二人共、止《や》めなさいよ。朝帰りしたからって、どうだってのよ。その二人が寝てたとは限らないじゃないの。だいたい、くだんないわよ、こういう番組。もしかしたら、二人で、一晩じゅう仕事の話をしてたかもしれないじゃないの」

ぼくと祖父は顔を見合わせた。そんな筈《はず》はない。男と女が一晩一緒に過ごして何も起こらないなんて退屈過ぎる。祖父も同じように思っているらしく、笑いをこらえている。

「私だって、そうなのよ。校了前なんて、いつまでたっても入らない作家の原稿を男性編集者と待ってたりするけど、それを変なふうに詮索《せんさく》されたらたまんないわよ！」

「誰も、詮索なんてしないよ。母さんが、ぼさぼさ頭で印刷所から出て来ても、働くおばさんにしか見えねえもん」

　母は、じゃがいもをぼくに投げつけた。どうかしている。こんな他人の恋愛沙汰にむきになることはないと思う。恋愛なんて、最も個人的なものだし、それを他人があれこれ言うのは責任が伴わないからだ。こういう番組は無責任な気持で楽しめばいいのではないか。どうやら彼女は、余程呑気《のんき》な作家を担当して頭に来ているらしい。でなければ、ままならぬ恋に苛立《いらだ》ちを覚えているのか。祖父は、一向に意に介さない様子でテレビに夢中になっている。

「おお、秀美、これは悲しいぞ」

　祖父の言葉に、ぼくと母は争いを止め画面を見た。酒乱の夫を妻とその息子が、思い余って殺してしまったという話題だった。夫は、朝から酒を飲み、妻たちに暴力をふるったと言う。仕方がなかったのかもしれない。コメンテーターたちはそう言ってうなだれた。続いての話題も悲惨なものだった。生まれたばかりの子供を母親が殺してしまったのだそうだ。母親は若い男に夢中になり、子供を邪魔に感じたのだそうだ。思わず本当か⁉　とぼくは叫びそうになった。

「ワイドショウってすごいのねえ。朝帰りと人殺しを同じ時間にやっつけるのねえ」

　母は、唖然《あぜん》として呟《つぶや》いた。けれど、ぼくには、何故《なぜ》多くの主婦たちが、これらの番組に夢中になるか解《わか》るような気がする。ここに取り上げられる話題と来たら、すすべてが、本当は自分の価値観でどうにでもなることだからだ。けれど、自分の確固たる価値観を持つのは難しい。多くの人々は、それが本当に正しいものであり得るのか不安に思っている。そこに他人の言葉が与えられることで、彼らは、ある種の道標を与えられる安心を得るのだ。

歌手と女優は恋に身を焦《こ》がしているのかもしれない。けれど、真実は、そうではないのかもしれない。そんなふうにあやふやな心の内を、朝帰りをしたのだからあやしいと思うべきだ、という意見が落ち着かせる。きっと、そうに違いない、だって、テレビの中のあの人がそう言っているのだから。そう感じた後に好奇心というものが生まれるのではないか。

朝帰りはあやしい。この種の定義は、人々が考えることの源になる。酒乱の夫は殺されても仕方がない。子殺しは、言葉を失う程の罪悪だ。これらも、同じことから端を発しているような気がする。酒乱の夫だっていいとおしいじゃないか、と番組の出演者が言ってしまったら、人々の平静は一挙に失われるのである。まして、子供を殺す事情もあったのではないか、などと口に出そうものなら大変な騒ぎになるに違いない。誰もが正しい定義というものを求めているのである。

「おじいちゃん、やっぱ、人殺しはいけないのかなあ」

母がぎょっとした表情で、ぼくを見た。

「何言ってんのよ、秀美ったら。いけないに決まってるでしょ」

「どうして？」

母は、呆《あき》れたように祖父の方を向いた。彼は、興味深そうな瞳《ひとみ》で、母とぼくを交互に見た。

「さあねえ、個人の事情によるんじゃないのか？　私には解らんねえ。結局のところ、酒乱の夫を持たなきゃ妻の気持は解らないし、若い男に狂ってみなけりゃ女の気持を計ることは不可能だ。ただ、この人たちは、ある瞬間、殺してしまいたいと全身で感じてしまったんだろうなあ。そこに理性の入り込む余地はないよ。他人事《ひとごと》だ。そりゃ、何の関係もない人を通りがかりに殺したら大迷惑だが、家族のように深いつながりを持っている者同士のことには何も言えんね」

ぼくは、祖父の言葉を聞きながら、昔、映画で観《み》た場面を思い出していた。堕落した娘を母親が追いかけて刃物を振り回すのだ。確か、その時、母親は、私の生んだ子なんだから、私が殺して結末をつけるとか、そのような台詞《せりふ》を口にしていた。どうも、信憑性《しんぴょうせい》があったように覚えているのだが、テレビふうに意見を述べるとこうなるのではないだろうか。殺すよりも方法はなかったんでしょうかね。しかし、あの場面では、それより他に方法はなかったように思える。

母は、まだ朝帰りのことにこだわっていた。不審に思い問いつめると、一緒に働いている男性に恋心を抱いているのだという。そのため、明け方、二人で仕事をしていると、意識するあまりに、すべての動作がぎこちなくなるのだそうだ。他人に見られて、二人の仲を疑われたりしたら、相手に迷惑がかかりそうで不安なのだそうだ。もちろん、その男には、妻も子もいる。

「へえ、それ、不倫って言うんでしょ」

母は、再び、ぼくに、じゃがいもをぶつけた。

「私は、そういう物の見方が嫌なのよ。なんでもありきたりに片付けようとするんだから。ああ、胸くそ悪い。私のこのせつない胸の内を他人が理解出来る筈ないわ」

「せつない胸の内だってさ」

ぼくと祖父は、げらげら笑って、益々《ますます》、母を怒らせた。

「私は、したり顔で物を言うってのに我慢が出来ないの。個人の事情なんて誰にもわかんないんだから。それなのに、皆、丸とかばつとかつけて決めようとする。不倫が不道徳なんて言うやつは大人じゃないわ」

「ぼく子供だもん」

「うるさい!!」

ぼくは、真っ赤になって怒鳴っている母を可愛《かわい》らしいと思った。彼女は、もう年《とし》増《ま》の域に入っているけど、とても綺麗《きれい》でお洒落《しゃれ》だ。そして、少年のように一本気で、大人の男のように不埒《ふらち》だ。こぶつきだけど、一応独身だものな。裏切る人もいないのだから、恋には落ちやすいと思われる。

「母さん、ごめん。ぼくは、別にからかった訳ではないんだよ。母さんの言うことは、良く解る。ぼくだって、ちょっとは物事を知ってるのさ」

ほう、と呟いて、祖父が眼鏡を上げた。

「秀美は、いつのまにか、こまっしゃくれたなあ」

「……こまっしゃくれたって……おじいちゃん、ぼく、もう高校生ですよ。やんなっちゃうなあ、老人は時が止まってるから」

母がようやく笑った。ぼくは嬉《うれ》しい。久々に三人がそろった休日の午後、ぼくたちは、くつろいで、おやつを食べている。ぼくは、幸せな家族を持っている。けれど、小さい頃、人々は、ぼくを不幸な子供だと扱いたがったものだ。母親がひとりで、親と子供の面倒を見ているというだけで、ぼくは、不幸な人種として見詰められていたのだ。小学校では、母子家庭友の会などというものに入れられそうになった。しかし、その会員の子供たちが、そんなに不幸だとは思えなかったのだが。父親の不在に意味を持たせたがるのは、たいてい、完璧《かんぺき》な家族の一員だと自覚している第三者だ。ぼくたちには、それぞれ事情があるのだし、それを一生嘆き続ける人間などいやしない。そこまで人は親に執着しないものだ。だって、親は、いつかはいなくなる。それどころか、自分だって、その内、この世から、おさらばしてしまうのだ。父親がいない子供は不幸になるに決まっている、というのは、人々が何かを考える時の基盤のひとつにしか過ぎない。そして、それは、きわめてワイドショウ的で無責任な好奇心をあおる。良いことをすれば、父親がいないのにすごいと言い、悪いことをすれば、やはり父親がいないからだということになる。すべては、そのことから始まるが、それは、事実であって定義ではないのだ。事実は、本当は、何も呼び起こしたりしない。そこに、丸印、ばつ印を付けるのは間違っていると、ぼくは思うのだ。父親がいないという事実に、白黒は付けられないし、そぐわない。何故なら、それは、ただの絶対でしかないからだ。

「その、仁子の惚《ほ》れた男というのは、そんなに良い男なのかな?」

「やーだ、お父さんたら惚れただなんて」

母は祖父の腕を何度も叩《たた》き、彼の手にしていた湯呑からお茶がこぼれた。

「全然、ハンサムじゃないんだけどさ、妙に性的なニュアンスのある耳を持ってるの」

「耳!?」

ぼくと祖父は同時に言って顔を見合わせた。この女、ちっともこりない人だなあ、と男同士の不可解な表情が語っていた。ぼくたちは、それから、その日一日じゅう、その耳の話を聞くはめになったのだった。

翌朝、ぼくが登校して教室に向かう廊下の途中で、学年主任の佐藤先生が追いかけて来た。ぼくを呼び止める先生の声に怒気が含まれていたので、ぼくは不思議に思いながら振り返った。今日は、まだ何も悪いことはしていない筈なのだが。

「時田、おまえという奴《やつ》は……!!」

「は?」

「は? じゃない!! こんなものを落として行きやがって」

佐藤先生は、ぼくに向かって、怒りで震える手を差し出した。避妊具だった。財布の中に入れておいた内のひとつが、どういうはずみか、落ちてしまったらしい。

「あ、すいません。わざわざ拾って下さってありがとうございます」

「き、貴様!! こんなものを学校に持って来ても良いと思っているのか!!」

「別に、学校に持って来ようとした訳ではなくて、あの、それは、むしろ学校の後に……」

「黙れ——!!」

ぼくは驚いて、あたりを見渡したが遅かった。生徒たちは、何事かと教室から首を出し、成り行きを見守っている。まずいなあ。後で、クラスの皆に、残りを取られてしまうに決まっている。近頃の高校生は、ファミコンのソフトを買うために避妊具の節約をする程、経済観念を発達させているのだ。

「時田、いったい、おまえは学校に何をしに来ているのだ」

「勉強……です」

「こんなものを使って勉強が出来るか!!」

出来る。しかし、ぼくは、口には出さなかった。佐藤先生の怒りを最小限に抑えなくてはならない。

そう思い、下を向いて反省した振りをしていると始業のチャイムが鳴った。ぼくは、ほっとして顔を上げた。すると、そこには、あまりの憤怒《ふんぬ》のために、顔を青黒くさせている先生の顔があった。何も、そこまで怒らなくたって。ぼくは、うんざりした。

「放課後、職員室に来い。時田、この際、おまえに、色々と言って置きたいことがある。おまえのような生徒は、今の内にしっかり指導しておかないと、世の中に出て、とんでもないことになる」

そうは思えないけどなあ、とぼくは思った。佐藤先生は、放課後の指導について念を押した後、腹立たし気に立ち去った。教室に向かおうとすると、後ろから桜井先生が走って来た。

「ど、どうしたんだ、時田。佐藤先生が、かんかんに怒ってらしたぞ」

ぼくは、口をへの字に曲げて桜井先生を見た。どうせ、担任の監督不行き届きだとでも言われたに違いない。ぼくは、溜息《ためいき》をつきながら、事情を話した。

「まずいなあ。なんだって、そんなもん落っことしちまったんだ。桃子さんに、ピルを飲んでもらえば良いじゃないか」

ぼくは、桜井先生を横目で見て言った。

「そういう問題じゃないでしょ。人の避妊に口出ししないで下さいよ。セックス弱いくせに」

「な、なんだって⁉」

ぼくは桜井先生を無視して教室に入った。案の定、クラスの連中は、ぼくを意味ありげに見て、くすくすと笑った。隣の席の奴が、落としたのどこのメーカーの奴？　などと尋ねるものだから、殴りかかりそうになり、こらえるのに苦労した。

放課後、職員室を覗《のぞ》くと、佐藤先生は、ぼくを空いている教室に促した。ぼくは、先生の一歩後をついて行った。ぼくは、深刻そうな彼の背中を見て薄気味悪くなった。一体、ぼくが何をしたと言うのだ。避妊具を落としたというのが、そんなにも重大事件なのだろうか。

佐藤先生は、一番前の席の椅子《いす》を引いて横向きに座った。ぼくも続いて、その後ろの席に座った。先生は、今朝、拾った避妊具を、ぼくの前の机に置いた。生活必需品だと思っていたそれが、教室の机の上に置かれると、妙な雰囲気《ふんいき》をかもし出した。

「どうして、こんなものを持って来たんだ」

「別に、持って来たという訳じゃありません。財布の中に入れといたのが落ちちゃったんです」

「と、いうことは、こういうものを使ってるということだな」

「…………」

「どうなんだ？　え⁉」

「そうです」

佐藤先生は溜息をついた。ぼくは、上目づかいで彼を見詰めていた。

「こんなことにうつつを抜かしていると、勉強に身が入らんだろう」

馬鹿《ばか》じゃないのか、こいつ。セックスにうつつを抜かそうが、そうでなかろうが、ぼくの場合、どちらにせよ、勉強など好きではないのだ。セックスは勉強の邪魔をすると本当に思っているのだろうか。それを我慢する方が、余程、精神状態を悪くするというのに。

ぼくの憮然《ぶぜん》とした表情に、佐藤先生は苛々して来たようだった。素直に謝れば良いのだろうが、ぼくには出来ない。だって、何と言えば良いのか？　セックスしてごめんなさいと言うのか。それとも、避妊してごめんなさいと言うのか。

「きみの成績表を入学した当時のものも含めて見せてもらったのだが、芳《かんば》しくないな。何が原因なんだろうね」

「解りません」

「不純異性交遊が、その原因だとは思わないかね」

ぼくは、呆気《あっけ》に取られて佐藤先生を見た。不純異性交遊⁉　なんと⁉　そのような言葉が、まだ生きていたのか。大人の口からは、時々、このような死語が飛び出して来て、ぼくたちを唖然とさせる。セックスのどこが不純なんだ。あんなに楽しいことの、一体どこが⁉　子供を作ることもあるんだぞ。

「この学校の女の子にあんなものを使うのか」

「違います」

「じゃ、いつ使うんだ」

「それは、ぼくのプライバシーです」

佐藤先生は、いきなり机を叩いた。その拍子に、避妊具がはねた。

「何がプライバシーだ‼　そういう口は、一人前になってからきけ‼」

　ぼくは、怒りをこらえて唇《くちびる》を嚙《か》み締めていた。桃子さんとぼくとの関係が不純異性交遊という言葉で片付けられてしまうのは、あまりではないかと思った。たとえ、若くても、男と女のことは、ちゃんと存在している。それをこの人は知らないのだろうか。不純か純粋かなどと他人が決められることではない筈だ。未成年がセックスをする。だから不純だ。何故、そんなふうに言い切れるのだろう。セックスをする。そのことは事実だ。しかし、どのようなセックスをするか、ということは、ぼくたち以外の誰も知らない。もしかしたら、夫婦がするそれよりも、はるかに純粋なものかもしれないではないか。

　ぼくは、昨日のテレビ番組を思い出した。子供を殺すなんて鬼だ、とある出演者は言った。でも、そう言い切れるのか。彼女は子供を殺した。それは事実だ。けれど、その行為が鬼のようだ、というのは第三者が付けたばつ印の見解だ。もしかしたら、他人には計り知れない色々な要素が絡《から》み合って、そのような結果になったのかもしれない。母親は刑務所で自分の罪を悔いているかもしれない。しかし、ようやく心の平穏を得て、安らいで罰を待ち受けているかもしれない。明らかになっているのは、子供を殺したということだけで、そこに付随するあらゆるものは、何ひとつ明白ではないのだ。ぼくたちは、感想を述べることは出来る。けれど、それ以外のことに関しては権利を持たないのだ。

「先生は、ぼくの何に対して注意しようとなさってるんですか。コンドームを落としたことですか？　それに関しては、ぼくも、うっかりしていたと思います。でも、セックスをするということを注意しようとしてるのなら、無理です。ぼくと彼女は、それを我慢するというつき合いじゃない」

「どちらに関してもだよ、時田。先生はね、どちらに関しても不愉快だ」

「でも、先生が、ぼくの彼女とセックスする訳じゃないでしょう？　ぼくは、まだ若くて、彼女に子供が出来ても育てて行ける筈がない。だから、こういうものを使うんだ。何故かって、真剣だからです。真剣だから、彼女の体を気づかうんです」

「真剣なのは結構。しかし、自分の成績を考えたら、そんなことは言ってられないだろう」

「セックスすると、成績が下がるって証拠でもあるんですか？」

「ふざけるな!!」

　佐藤先生は、自分自身を落ち着かせるために深呼吸をしていた。ぼくは、心の内に、段々、意地悪な気持が湧《わ》いて来るのを感じた。ぼくは、小さい頃から、相手が激怒すると、妙に冷静に、その人と向かい合う癖がある。思い起こしてみると、ぼくが、そういう状態になるのは、佐藤先生のような人間を前にした場合が多い。つまり、事実を自分勝手に解釈して、それの確認を他者を使って行なう人々だ。自分は、こう思う。そのことだけでは満足出来ずに人の賛同を得ようとする種類の人間たち。その人々は、自分の論理を組み立てた結果以外のものを認めない。どんな論理にも隙間《すきま》があるのを信じようとはしない。隙なく組まれたものが、ある時には、呆気なく崩れてしまうというのを知らないのだ。それにしても、ぼくの性生活に、何故、こんなにも腹を立てるのか。注意すべきは、もっと別なことではないのか。しかし、もしかしたら、世の中に出た時、ぼくは、このような人々が社会を作っていることに驚いたりするのではないのか？　そうは思いたくはないが、ぼくは、十七年間のこんな短い人生の中で、もう既に何度か落胆しているのだ。いったい、大多数の人々の言う倫理とは、一体、何なのだろう。それは、規則のことなのか？　それに従わない者は、出来の悪い異端者として片付けられるだけなのか？　人殺しはいけない。そうだそうだと皆が叫ぶ。しかし、そうするしかない人殺しだって、もしかしたら、あるのではないのか。ぼくは、もちろん、人なんか殺したくはない。しかし、絶対にそうしないとは言い切れないだろう。その時になってみなければ解らない。その人になってみなければ明言出来ないことは、いくらでもあるのだ。倫理が裁けない事柄《ことがら》は、世の中に、沢山あるように思うのだが。

「おい、時田、先生の話を聞いているのか」

ぼくは我に返って顔を上げた。佐藤先生の鼻の穴から毛が飛び出していた。この人に避妊具は必要ないだろうなあと、ぼくは思った。途端に、すべてが馬鹿馬鹿しくなって来た。セックスだぜ、おい、ぼくが注意されてるのは。あのセックスなんだぜ。

「時田、おまえのお母さんは、女手ひとつで、おまえをここまで育て上げたんだ。苦労もさぞかしあっただろう。それに応《こた》えるのが、息子の義務じゃないのか。おまえが、真面目《まじめ》な学校生活を送ってないと知ったら、悲しむのに決まっている。どうだ、ここで、心を入れ替えてみないか」

「苦労なんてなかったと思います。あの人が、ぼくの父親と別れたのは、ぼくの知ったことじゃない」

「親のことも思いやれないのか!!」

ぼくは、その瞬間、立ち上がって、佐藤先生の衿首《えりくび》をつかんでいた。猛烈な怒りが湧き上がっていた。何も解ってないのに見解だけは述べやがる。ぼくは、ただ事実を言ったまでだ。こんな奴に言われなくたって、母親のことは、ぼくが一番理解しているのだ。

佐藤先生は、突然のぼくの暴挙に目を白黒させていた。ぼくは、そのまま力を込めて、彼を投げ飛ばそうとした。その時、教室の入り口から、のんびりした声が聞こえた。

「佐藤先生、どうもお手数かけました。桜井ですが」

佐藤先生は救いを求めるように桜井先生を見た。ぼくは、舌打ちをした。どうせ桜井先生は、教室の外で、ぼくたちの様子をうかがっていたに決まっている。ぼくを連れ去る機会を待っていたのだ。

「いやあ、うちのクラスの生徒なのにご迷惑かけちゃって。でも助かりました。ぼくは、サッカー部の生徒が具合悪くなっちゃったんで。さ、さ、後は、ぼくにまかせて下さい」

佐藤先生は、ぼくの手を振り払って呼吸を整えた。

「桜井くん、この子はね、私に殴りかかろうとしたんだよ」

「そうですか？　そりゃいかん、時田、おまえは少しやんちゃ過ぎるぞ」

「ごめんなさい。もう、しません。不純異性交遊はもうしません。コンドームも落としたりしません」

ぼくは、しおらしい演技を続けて、佐藤先生が出て行くのを待った。彼は、さんざん桜井先生をなじった後、音を立てて教室のドアを閉めた。ぼくは、ようやく顔を上げ、桜井先生を見た。

「すいませんでした。先生に借り出来ちゃったな。あのまま殴ってたら、ぼく停学でしたね」

桜井先生は、笑って椅子に腰を降ろした。

「不純異性交遊は楽しいもんな。先生も、良くやったぞ」

「そんな言葉、変だよ。ぼく、佐藤先生の説教聞いてて、つくづく嫌になりました」

「しかしなあ。ああいう人達の方が多いんだぞ」

「知ってます。でも、ぼくは、ああいう人間にだけはなりたくないや。ぼくたちには、本当に善《よ》し悪《あ》しの判断がつけられないのかもしれない。でも、あの人に、あんなふうにして指導してもらう覚えはないよ。あの人たちの言う良いこと悪いことの基準て、ちっとも、おもしろくないと思う。良い人間と悪い人間のたった二通りしかないと思いますか？　良いセックスと悪いセックスの二種類だけで、男と女が寝るんですか？　女手ひとつだと、母親は、そんなにも辛酸を舐《な》めなきゃいけないって決まってるんですか？　その子供は、必ず歪《ゆが》んだ育ち方をするんですか？　人間って、そんなもんじゃないでしょう」

そこまで言ったら、なんだか涙が滲《にじ》んで来そうになったので慌《あわ》てた。結局、ぼくの価値観は、父親がいないという事柄が作り出す、あらゆる世間の定義をぶち壊そうとすることから始まっていたのに気付いたのだ。ぼくが、昔から憎んだのは、第三者の発する「やっぱりねえ」という言葉だった。ぼくは、その逆説を証明することで、自分自身の内の正論を作り上げて来たのだ。それは、ぼくは、ぼくである、というそのことだ。他人が語れる存在にはならないという決意だ。

「時田、久し振りに桃子さんの店に寄ってくか」

「はい」

日は、とうに暮れていた。ぼくと桜井先生は、しばらく無言で歩いた。空気が冷たくなっているのが解った。けれど、吐く息を白く染める程ではない。まだ冬は訪れていないのだ。

「時田、世の中には、おまえの他にも、余計なお世話で白黒をつけられている人たちが沢山いるぞ。先生だって、そうかもしれん。ほんとは人間全部がそうされてる被害者かもしれない。それは、どうにも出来ないよ」

「でも、ぼくは、絶対に、白黒つける側になりたくないんです」

「わからんぞ。その時になってみなきゃ。でも、そうしないよう努力することは出来るな。人が人を無責任な立場から裁くことなんて出来ないよ。そのことだけ解ってれば良いと思うんだ」

ぼくは、すっかり気を取り直していた。これから、ぼくの前に何が立ちはだかるかは、まったく予測がつかない。佐藤先生の生活指導のために落ち込んでいる訳には行かないのだ。ぼくは、ぼくなりの価値判断の基準を作って行かなくてはならない。忙しいのだ。何と言っても、その基準に、世間一般の定義を持ち込むようなちゃちなことを、ぼくは、決してしたくないのだから。ぼくは、自分の心にこう言う。すべてに、丸をつけよ。とりあえずは、そこから始めるのだ。そこからやがて生まれて行く沢山のばつを、ぼくは、ゆっくりと選び取って行くのだ。

その時、ぼくは、重大なことを思い出して立ち止まった。桜井先生が怪訝《けげん》な表情を浮かべてぼくを見た。

「どうした、時田」

「先生、どうしよう」

ぼくは、頭を抱えて舌打ちをした。避妊具をあの教室の机の上に置き忘れて来たことに気付いたのだった。

時差ぼけ回復

朝、目覚めたら、風邪を引いていた。不思議だ、と思った。昨夜まで、なんともなかったのに、何故《なぜ》、突然、発病するのか。眠りが、病気を呼び寄せたように、ぼくには、思えたのだった。そういえば、ぼくが風邪を引く時は、いつも、こうだ。ある朝、病人になっているのだ。起きている内に、発熱したりということがまったくない。寝るということが病気を呼ぶのだなあと、ぼくは、損したような気持になった。休息もさせないくせに、睡魔よ、ぼくを襲うなって感じである。

「鬼の霍乱《かくらん》って言うのよねえ、こういうの」

母は、ぼくの口から体温計を外して言った。

「霍乱って日射病のことでしょ。それに、自分の息子を鬼とか呼ぶの、良くないよ」

「でも、お父さんは、馬鹿《ばか》は風邪引かない筈《はず》なのにって言ってたわよ」

ぼくは、うんざりして布団《ふとん》の中にもぐり込んだ。病人をいたわれない家族を持ってしまったぼく、ああ、不運だ。しかし、日頃《ひごろ》健康優良児で名を馳《は》せているぼくは、風邪という病を待ち焦《こ》がれていた。万病の元、などと言われているけど、やはり、風邪は、たかが風邪である。何やら、春めいて来た空気の季節、堂々と寝ていられるのが喜ばしい。そう言えば、そろそろ雛《ひなまつ》祭りの時期ではなかったか。ぼくは、小学校の頃、友達の女の子の家で御馳走《ごちそう》になった散《ち》らし寿司《ずし》を思い出した。確か、蛤《はまぐり》の吸い物も付いていた筈だ。

「秀美、私、仕事の前に銀行寄らなきゃいけないから、もう出るけど、今晩、何を食べたいの？　食欲ある？」

「散らし寿司と蛤の潮汁《うしおじる》なんか食ったら元気でるかも」

途端に母の目はつり上がった。

「病人でしょ、あんた。病人はねえ、贅沢《ぜいたく》しちゃいけないのよ。つつましく控え目に寝てなきゃいけないのよ。周りの人々の苦労も考えてみなさいよ、あー、あつかましい」

そんな。いったい、誰がぼくの看病をしてくれると言うのだ。不平を言うぼくを無視して、母は家を出てしまった。祖父は、留守番をする人間がいて良いことだと浮々しながら、知り合いの老人の家に碁を打ちに行くと言う。ぼくは、熱でぼおっとした頭を抱えながら、薄情な奴《やつ》らだと彼らをののしった。しかし、彼らの態度は、反対に、ぼくの気分を軽くするのも事実だ。病人にとって大切なのは、その病気が取るに足りないものであると悟らせてくれる周囲の無関心かもしれないなあと思ったりもするのだ。

学校で過ごしていると、あまり感じないことだが、平日の午前中というのは、とても静かなものだ。特に十時前後、あらゆる人が仕事を止《や》めているのではないかと思う瞬間が必ずある。人は、深夜に草木さえ眠ると思いがちだが、本当に時間を止めているのは、この時ではないかと、ぼくは思う。

　布団の中から首を出して、ガラス窓を見ると曇っている。外の気温は低いのだ。梅の小枝が、ぼんやりと視界に入る。陽《ひ》ざしの明るさが、もう既に冬を裏切っているとぼくは思う。そう言えば、あの女の子の家には、大きなお雛さまが飾ってあったなあ。あれを見せたくて、あの子は、ぼくを呼んだのだろう。このお雛さまたち、夜中になると歩くんだって。確か、そんなことを言って、ぼくを驚かせた。そういうことも、あるだろうと、ぼくは頷《うなず》いた。だって、五人囃子《ごにんばやし》のひとりの首が横を向いていたのだもの。

　ぼくは、赤い布の上に並ぶ雛人形のことを思い出している内に、いつのまにか、眠ってしまった。途中、何度か目を覚ましたが、自分が、何故、こんな昼間から寝ているのかも、思い出せずに、再び寝入ってしまい、気付いた時には、もう日が傾いていた。なんだか、損をしたような気分だったが、熱が大分下がったようで体が軽くなっていた。

　碁から戻った祖父が、襖《ふすま》を開けて、ぼくの名を呼んだ。

「友達が見舞いに来たぞ」

「そんな馬鹿な。そんな優しい友達、ぼくにはいないですよ、おじいちゃん」

ぼくは、のろのろと起き上がった。祖父の肩越しに、田嶋《たじま》の顔が見えた。

「なんてことを言うのだ。秀美、せっかく、こちらがいらしてくれたと言うのに」

ぼくは、嫌《いや》な予感に包まれた。何かがあったに違いない。確かに、ぼくと同じクラスの田嶋とは仲が良いが、彼は、風邪を引いた級友を見舞うような余計な親切心を持ち合わせている男ではない。

田嶋は、祖父に礼を言い、彼が部屋を出て行くのを確認してから、ぼくの枕許《まくらもと》に腰を降ろした。

「何かあったのか」

「鋭いなあ」

「見舞いなんて柄《がら》じゃないだろ」

「うん……実はさあ、片山が死んだんだ。それも自殺。自分ちのマンションの屋上から飛び降りたんだって」

ぼくは言葉を失い、しばらく、田嶋が言っているのが、どういうことなのか解《わか》らず、混乱しながら、頭の中を整理しようとした。

「いつ自殺したんだよ。昨日、元気だったじゃん」

「今朝の話。学校じゅう大パニックだよ。今日は、おまえとあいつが欠席だったんだけどさ、おまえが休んだのは珍しいから、皆で、話題にしてたんだよな。でも、片山は、休みがちな奴だったじゃん、だから、皆、気にも止めてなかった訳だよ。そしたら、昼頃、連絡入ってさ」

ぼくには、まだ、田嶋の言っていることが、把握《はあく》出来ずにいた。と、言うより、みぢかな人間が自ら命を絶つという事実が、どうしても実感として湧《わ》いて来なかったのだ。

「ショックだろ」

「…………」

「解るよ。わりと、おれとおまえ、あいつと仲良かったもんな」

ぼくは、片山の顔を思い出した。物静かだったが、決して暗い雰囲気《ふんいき》の奴ではなかった。それどころか、真面目《まじめ》な表情のまま、気のきいた冗談を口にして、周囲の人々を笑わせるような奴だった。

その片山が、まっさかさまに落ちて行く様子が、ぼくの頭の中に浮かんだ。不思議だ、とぼくは思った。彼が死んで悲しいとか、自殺ということが恐しいとか、そのような思いは、なかなか、やって来ないのだ。ただ、限りある頭の中の想像の空間を上から下に落ちて行く彼の顔が、ぼくの目の裏に映っていた。

「なんでなんだろ」

「さあ、遺書とかはなかったみたいだぜ」

「信じられないよ。あいつ、死んじゃったの？　ほんとに？　もう、この世にいないのか？」

それから、しばらくの間、ぼくと田嶋は、沈黙したまま向かい合っていた。ぼくは、片山が死ぬ時の様子というのを具体的に想像していたのだが、田嶋もきっと、そうだったに違いない。死んだからと言って、衝撃で、泣き叫ぶような関係ではなかった。けれど、ぼくたち三人は、色々なことを話し合ったものだ。ほとんどが軽い冗談に属する話題だったが、だからこそ、不謹慎にも、彼の死を心の中で描写してしまったりするのだ。こんな時、変に冷静なぼくたちは、情の薄い人間たちなのだろうか。けれども、片山の生活には関《かか》わっていなかったのだ。失った苦しみに涙するなんてこと、出来る訳がない。

「梅が咲きそうだなあ」

田嶋が、ぽつりと言った。夕暮れだった。ぼくたちは、薄暗い部屋で、灯《あか》りを点《つ》けるのも忘れて、それぞれの感情に身をまかせていたのだった。

「電気点けてくれよ」

「うん。ちょっと、暗過ぎるよな」

そう言って田嶋は立ち上がり、灯りを点けた。そうしながら、彼は、ぼくの顔を見降ろした。

「おれさあ、実は、片山が自殺したって聞いた時、まず、あのこと思い出したんだ」

「あのことって？」

「ほら、あん時、時田も一緒にいたじゃん。片山が、時差ぼけだって話してた時」

「大分前のことだろ」

「まあ、そうだけどさ」

それは、去年の夏の頃のことだ。ぼくと田嶋は、何かのきっかけで、片山と話をするようになったのだ。片山は、ぼくたちに比べると、沢山の本を読んでいて話題が豊富だった。おまけに、人の興味をそそるような話し方をするものだから、ぼくたちは、片山を好きになり始めていた。もっとも、彼は、他の人とは、気易《きやす》く打ち解けられるようではなかった。お調子者コンビと呼ばれる、ぼくと田嶋だったからこそ、くつろいで向かい合うことが出来たのだろう。彼は、自分が知識をひけらかしていると他人に思われるのを恐れているように見えた。事実、彼には、沢山の知識とそれに関する考察があり、ぼくたちのような呑気《のんき》な者たちでなければ、嫉妬心《しっとしん》をかきたてられたかもしれない。気楽に、気楽に、と彼は、自らに言い聞かせているような人間だった。ぼくたちを相手に、初めて、くつろいで、話が出来たのかもしれない。

田嶋の言った片山の話とは、こういうことだ。彼が、何かの本で読んだことには、人間とは、本来、二十五時間を一日の周期として生きる動物だというのである。それを二十四時間に合わせて行くと、どうしても、一時間の時差が出る。その一時間を、それでは、どのようにして解消して行くのか。普通の人間は、食事や仕事や遊びなど、日常の動作をくり返す内に少しずつ体をだまして、小刻みに時間を振り分けて行く内に、つじつまを合わせて行くのだそうだ。しかし、中には、それが、どうしても出来ない人間たちがいる。そういう人たちが、体をだませずに不眠症になったり、日常に支障をきたしたりするのだそうだ。

「で、ぼくは生まれた時から時差ぼけなんだよって続けたんだよな、あいつ」

田嶋は、ぼくの足許の布団のところを枕にして、ごろりと横になって言った。ぼくは、その時の片山の表情を思い浮かべた。皮肉そうに、片頰《かたほお》を歪《ゆが》めて笑っていたっけ。確か、ぼくは、彼の話を聞いて、海外旅行の時差ぼけに比べりゃ、どうってことないぜとか何とか軽く言ったと思う。もちろん、ぼくたちは誰も海外に旅行したことなどなかったのだが。

「時差ぼけで死んだってのか？」

「うん。うちの姉貴、旅行から帰ると、いつも変な時間に起きて困ってるもん。あれが続いたら、大変だと思うよ」

「でも、正常なら、すぐ治るんだろ」

「正常ならね。でも、生まれた時から、そうだったら、ぼけてるのが普通だと、体は思うよ。その普通が世の中では、まかり通らなかったりするんだから、やっかいじゃん」

「そんな苦労をしてるようには見えなかったけどな、あいつ」

「そう見えてたら、誰かが救ってたよ」

「本当に遺書とかなかったのかな」

「なかったって聞いたけどね。おれ思うんだけど、あいつ、死ぬ願望なんて、本当にあったのかな。そういうこととは違うことで、飛び降りちゃったんじゃねえのか？」

田嶋の言葉に、ぼくは、首を傾《かし》げた。飛び降りれば死ぬと解っていた筈だ。目的と結果が一致していなかったとでも彼は言いたいのだろうか。尋ねようとして、ぼくは、彼の顔を覗《のぞ》き込んで、ぎょっとした。泣いていたのだ。

「なんだよ、泣くなよ。そこまで親しくなかっただろ」

田嶋は、ごしごしと目を擦《こす》った。

「なんでかな。なんか、悲しいじゃん。あいつ、悪い奴じゃなかっただろ。皆に嫌《きら》われてた訳じゃないし、登校拒否してた訳でもなし。目立たない男だったのに、そうならないように努力してたみたいだったのに、自殺なんかで、皆の注目、浴びることになっちゃって」

そりゃあ可哀相《かわいそう》だと、ぼくも思った。でも、ぼくは泣けない。どうしてだろう。風邪を引いているからに違いない。熱があるから、心が、あるべきように反応しないのだ。と、すると、悲しみとは、健康体の特権なのか。

「あいつの親、悲しんでるだろうな」

「うん。でも、あいつは、そんなの予想出来なかったんだよ。でなきゃ、飛び降り自殺なんて」

「そうかな」

「そうだよ。死んだ後がどうなるかなんて、どうでも良かったんだよ。だって、なんたって、時田、片山の奴、時差ぼけだったんだぜ」

母が帰宅するのと入れ代わりに、田嶋は帰った。クラス全員で、明日は、片山の葬式に行くのだそうだ。もちろん、ぼくも、行かなくてはならないだろう。しかし、行ってどうなるのだという思いも、ぼくの内にはある。彼の顔を写真で、今さらながめたって、彼は、もうこの世にはいないのだし、そして、それは、彼自身が望んだことなのだ。

母は、ぼくのために雑炊を作り、枕許まで運んでくれた。ぼくには、まったく食欲などなかったが、無理に、蓮華《れんげ》を口に運び雑炊を流し込んだ。母は、その間じゅう、ぼくを見詰めていた。

「心配してるの？　それとも、何か知りたい訳？」

母は、ばつの悪そうな表情を浮かべて、もじもじした。

「片山くんて子、なくなったんですって？」

「なんで知ってんの？」

「えっ？　別に、その」

どうやら、祖父が、ぼくと田嶋の話を立ち聞きして母に伝えたらしい。まったく、不謹慎な家族である。

「自殺だったってほんと？」

「らしいね」

「どうしてなのかしら」

ぼくは答えなかった。そんなことは、ぼくにだって解らない。片山本人しか多分解らないだろう。何かを苦にして自殺するとか、そういった解り易い動機が、まるでないのだ。

「そういえば、母さん、海外旅行に行ったことあるよね」

「何なの？　急に。そりゃあるわよ」

「時差ぼけってつらい？」

「つらくないけどね、本人は。でも、まわりに合わせなきゃいけなくなった時は大変よお。だって、自分の生理的なリズムを、決められた枠内《わくない》に合わせなきゃいけないんだから。私なんて、ボーイフレンドと旅行した後、仕事再開出来ない……あら、いやだ、でも、どうしてそんなこと聞くの？」

「別に。どんなものかと思っただけ。ぼく、明日、葬式に出なきゃいけないから、ちゃんと起こしてね」

熱が下がらなくては無理と言い張る母を追い出して、ぼくは、再び眠ろうとした。明日までに風邪を治さなくては、なんだか片山に悪いように感じていたのだ。

しかし、やはりと言うか、昼間、眠り続けていたので、ぼくは、なかなか眠りの糸口を見つけることが出来なかった。それに、目を閉じると、何故か、片山の顔が浮かんで来てしまうのだ。屋上のフェンスを乗り越え、地面に向かって飛ぶ彼の様子を事細かに思い描いてしまうのだ。

何故だろう、とぼくは眠れぬ頭で考える。すると、知らないからだ、とぼくの本心は答える。死というもの、そして、それは、選び取れるものであったということに、ぼくは驚き、興味を示しているのだ。

時差ぼけか。田嶋が思い出さなかったら、ぼくは、あの時、片山が言ったことなど、忘れていただろう。もし、本当に、彼が時差の調整が出来ない一生を送ったのだとしたら、それは、どのような生涯《しょうがい》だっただろう。たった一時間、他人の持たない時間を過ごさなくてはならないのは、どういう気持がするだろう。自分だけに与えられた空白の時。もしかしたら、それは、とてつもない孤独との戦いなのではないだろうか。自分ではなく、自分以外の人間すべてが透明人間になってしまうのと同じではないかと、ぼくは考える。

だいたい、空き時間というのは、自分自身で作るから楽しみのひとつに成り得るのだ。義務のように、それが与えられたら、苦痛にしかならないのではないか。片山は、いったい、どのように、過ごしていたのだろう。

「ぼくはね、人よりも、考える時間が多いようなんだよ」

彼が、そう言ったのを聞いたことがある。へえ？　何を考えるの？　ぼくたちは、そう尋ねた筈だ。

「考えるとは、どういうことかってのを考えるんだよ」

彼のその答えに、ぼくたちは笑ったものだ。もしや、考えることに行き詰まると、そのこと自体について考えるものなのだろうか。自分が何故、そうしているかということをさらに考える。寒気がする。ぼくのように、考えることの嫌いな人間には恐怖ですらある。たとえば、歩く時に、右足を出した時、左腕も前に出るという事実を確認しようとでもすれば、歩くという行為自体に失敗してしまうだろう。考えるという行為が、それと同じでないと言えるだろうか。考えることだって、動作のひとつだ。体がさせているものなのだ、元はと言えば。

体がさせていることは沢山ある。気取った人々は、いつも、頭の中の思考回路云々《うんぬん》に話を持って行こうとするけれど、体がなければ、何も出来やしないのだ。風邪を引いて、熱を出していると、友人の死に感傷的になるのさえ億劫《おっくう》になる。今のぼくがそうだ。それと同じように、体の調整が出来ていなければ、どんな考えも浮かばなくなる。ぼくは、何度か体験したことのある宿酔《ふつかよい》を思い出した。あれはひどい。考えるどころではない。もしも、哲学者が宿酔だったら、どんな哲学も組み立てられないだろう。哲学よりも、水を一杯くれと叫ぶ筈である。けれども、宿酔は、短時間の話だ。いつかは治る。それでは、時差ぼけはどうだ。これも、本来は、すぐに治る筈のものだ。しかし、それが永遠に調整出来ないままだとしたら、どうだろう。そして、そのことに、自分の体が気付いてしまったら。希望というものが、まず破壊されてしまうだろう。希望が破壊された人間が生きて行けるものだろうか。

片山が、そうであったのかどうかは、ぼくには解らない。しかし、彼の中で、何かが破壊されたのではないかと、ぼくは思わずにはいられない。あるいは、死ぬことで、最後に残された希望をかなえようと試みたのか。

それにしても、本当に、人間は、二十五時間周期の動物なのか。だとしたら、毎日、一時間の時差を、食事やら排泄《はいせつ》やらの瑣末《さまつ》な茶飯事で調整出来てしまう程、いい加減な反射神経を持っているということなのだろうか。ぼくの一時間は、いったい、いつも、どこに消えて行くのだろう。解る訳もない。ぼくは、これまで、過ぎて行く時間に、関心を払ったことなどなかった。まさに、ぼくの時間は流れて行くものだった。けれど、もし、それが、流して行くものだったら、毎日は、大きく変わるに違いない。もしや、片山の日々は、自らの意志が、流していたものではなかったのか。とてつもないエネルギーを使い、人工の小川を創《つく》り上げるように、時の上流にまで、自らを引き上げていたのではないだろうか。一時間の高さの上流である。錯覚のような真実のようなたったの一時間である。しかし、多くの人は、そこに費すエネルギーの存在すら知らないのだ。

そんなことを思いながら、ぼくは、いつのまにか眠りについた。けれど、何度も、おかしな夢を見てしまい、何かに追いつめられたように目を覚ました。寝汗でシーツがびっしょりと濡《ぬ》れていた。不快に感じ続けていたが、新しいシーツに取り替える気力もなく、浅い眠りを待ち受けた。ああ、具合が悪いぞ。かたやまあ、寝かしてくれよお。ぼくは、心の内で、そう呟《つぶや》いた。

翌朝、熱は、さらに上がり、おまけに胃腸の具合も最悪だった。葬式どころの話ではなかった。さすがに、母もぼくを心配し、あれこれ世話をやいてくれたが、ありがたく思うどころではなかった。病は、人から、感謝の気持すら、奪うものであることよ。人間、体あっての愛情である。今は、風邪よ、すみやかに立ち去ってくれ、と願うばかりである。片山のことも考えられずに、ぼくは、熱にうなされながら、床に伏せていた。

母から電話を受けた桃子さんは、見舞いに行きたいが、風邪を伝染《うつ》されると生活に支障を来たすので遠慮すると答えたそうである。冷たい女だ。祖父は、正直な女性でよろしいと笑っていたが、腹が立った。もっとも、大人とは、そういうものかもしれない。自分の生活のリズムを風邪ごときで乱されたら、たまらないだろう。なんて、病気のぼくは、なんと、物解りの良いフェミニストであるか。黒川礼子あたりが泣いて喜びそうである。

丸二日、眠り続けて、ぼくの風邪は、まるで嘘《うそ》のように抜けて行った。体力も気力も充分である。

「久し振りねえ、秀美が、あんなひどい風邪引いたの。どうしたのかしらね」

「多分、心身共に、疲れていたんだよ。ぼくも、案外、これでなかなかデリケートだから」

祖父が、朝食をとりながら、じろりと、ぼくを見詰めた。

「勉強もせんで、なんで疲れるものか、ふん」

ぼくは、その言葉を無視して、家を出た。ぼくが眠りこけている間に、春一番は、通り過ぎてしまったらしい。惜しいことをした。ぼくは、あの春の風が好きなのだ。甘い埃《ほこり》の匂《にお》いが鼻をかすめる瞬間がたまらない。だって、何故だか、内側から体が暖かくなる。全身が、寒暖計のようになり、血液が上にのぼるように感じるのは、ぼくだけだろうか。

ぼくは、少しばかり、浮々しながら駅に辿《たど》り着いたのだが、その後にとった行動を、どう説明して良いのか解らない。ぼくは、つい、反対方向の電車に乗ってしまったのだ。無意識だった。電車の扉《とびら》が閉まった瞬間に、次の駅で降りなければ、と思った。けれど、ぼくは降りなかった。都下に向かう電車は、すいていた。ぼくは、座席に腰を降ろし、ひと駅ふた駅と乗り過ごした。ぼくは、しばらく迷っていたが、明らかに始業時間に間に合わないと悟った瞬間、すっかり気を楽にした。

景色は、次第に、のどかさを増して行った。隣の座席では、おばあちゃんが居眠りをしていた。車内は暖かかった。眠るのに、これ程気持の良い場所はないように思われた。ぼくは、ふと、片山のことを思い出した。ここで、寝てりゃ良かったのに。そんなふうに思いついて、ぼくは、口惜《くや》しい気持になった。一時間ぐらい、あっと言う間じゃないか。

でも、本当にそうだろうか。片山のように自覚しなくても、人は誰でも、気付かないところで時差を引きずっているのかもしれない。人は遅かれ早かれ、誰でも死に至るのだ。片山は、ここで寝ることすら出来ずに、早目に、一生分の時差を清算したかったのかもしれない。彼の自殺が、幸福だったのか、不幸だったのかを他人が言い当てることなど出来ない。

しかし、しかしだよ。こんなふうに、ぼんやりと電車に乗って、春が来たと思うのは、ささやかだけれど、やはり、楽しいことなんじゃないのか？　微笑を口許に刻める瞬間てのは、やはり、必要なんじゃないのか？　他愛《たわい》のない喜び、それが日々のひずみを埋めて行く場合もあると、ぼくは思うのだ。

考えることを考える、と片山は言った。彼は、やり切れなかったのかもしれない。けれども、そのことを彼にさせていたのは、彼自身だ。彼の皮膚、彼の瞳《ひとみ》、彼の舌、感じる器官を持ったすべての体の部分が彼自身を作っていたのだ。そよ風が、もし、彼の皮膚を心地良く撫《な》で、そして、それを受け入れることが出来ていたなら、彼の考えは、あるいは、違った方向へと進み、彼の足は、地面に向けて飛ぶより別な動きを選んだかもしれない。

片山は、ぼくたちを笑わせることだって出来たのだ。彼の唇《くちびる》は、そういう言葉を紡《つむ》ぐことだって出来ていたのだ。もったいないじゃないか。春の空気は、こんなに気持良く、そして、その春は、毎年、裏切らずに巡って来るというのに。

「おにいさん、大丈夫かね」

眠っていた筈のおばあちゃんが、いつのまにか心配そうに、ぼくを覗き込んでいた。

「これで、涙、拭《ふ》いたらいいよ」

「はい、すいません」

「何があったか知らんがね、元気出しなさいよ」

「はい」

ぼくは、照れ笑いをして、おばあちゃんのハンカチで顔を覆《おお》った。

学校には、昼前に着いた。四時限目の授業の途中だった。ぼくは、医者に行って来たのだと教師に嘘をついて席に着いた。教科書を開いていると、前の方の席の田嶋が、振り向いて片手を上げた。

昼食の時間、ぼくは、田嶋のところに行き葬式に行けなかったことを謝った。

「なんで、おれに謝んの？」

「だって、片山に謝ったって仕方ねえだろ、もういないんだから」

「それもそうだな。でも、来なくて正解だったかもな。あいつの親のがっかりした顔、ちょっと耐えらんなかった」

「泣いた？」

「おれ？　おれは泣かねえよ。女子は盛大に泣いてたなあ。でもさ、あれは、片山の死を悲しんでるからじゃなかったなあ。泣くことで、自分たちの信頼深めてるって感じ。酔ってたぜ。号泣してた奴もいたもん。くだんねえよなあ、片山となんて話もしなかったくせに」

「仕方ないよ、時差ぼけ知らずなんだから」

田嶋は肩をすくめて、パンをかじっていた。ぼくは、体の調子が回復したのを実感しながら、滅多にお目にかかれない母の手作り弁当をかき込んだ。そうだ、今度の休みには、桃子さんの家に押しかけて、散らし寿司と、蛤の吸い物を作らせよう。見舞いにも来ない冷たい女なんて、はやらないぞと教えてやらなきゃ。

賢者の皮むき

どの学年にも、とび抜けて容姿の良い女の子たちが二、三人いて、ベストスリーだなどと呼ばれるものだ。彼女たちは、たいてい、清潔感にあふれていて、愛らしい顔をしている。自分の魅力に気付いていないわ、というような初心《うぶ》な表情を浮かべながら、磨《みが》きたてたうなじを何かの拍子に、ちらりと見せたりする。手を抜いてないなあ。ぼくは、彼女たちを見るたびに、そう心の内で呟《つぶや》く。と、いうのは、一度、口に出して言った時に、まわりの奴《やつ》らに咎《とが》められてしまったのだ。手を抜いてないなどというのは誉《ほ》め言葉《ことば》などではない、と彼らは言うのだ。彼女たちは、生まれつき、あのように美しいのだと思いたいのだろう。しかし、本当に、そうだろうか。

「時田の女の見方は歪《ゆが》んでるよ」

そう言って溜息《ためいき》をつくのは、友人の川久保だ。彼は、誰もが憧《あこが》れている山野舞子に夢中になっている。色白で、つやのある長い髪を持つ山野は、確かに美しいが、ぼくは、何の興味も抱いていない。笑う時に口を覆《おお》う仕草が嫌《きら》いなのだ。

「なんかさあ、時田って、年上の女とつき合い過ぎて、感覚がすれっからしなんだよなあ」

ぼくは、川久保の言葉に、思わず吹き出した。すれっからしだって。いつの時代の言葉だ、それは。しかし、ベストスリーに憧れるような奴らは、必ず、そういう時代がかった言いまわしを好むものだ。言葉だけじゃない。女性に対して、ある種特別の尊敬と、固定観念を持っているのだ。そして、それらは、大昔の小説に出て来る男が持っていたものとなんら変わりがないというのが、ぼくにとっては驚異なのだ。

「いいなあ、山野さん、ああいう子が彼女だったら、おれ、何でも言うこと聞いちゃうよ」

「本当に何でも聞くんだろうな。うんこ食えって言ったら、本当に食うんだろうな」

「……時田、おまえ、おかしいんじゃねえの？　なんで山野さんが、おれに、うんこ食えって言わなきゃなんねえの？　山野さんの口から、そんな品のない言葉が出て来ると思うのか」

「でも、彼女だって、排泄《はいせつ》するんだぜ。それの名称は、うんこって呼ぶんだぜ」

「うんこって、漢字で古い雲って書くんだってさ。山野さんには、その美しい言葉を進呈したいと、おれは思う」

「ほお」

廊下で、そんなくだらない立ち話をしていたら、ひとりの女生徒が、さも軽蔑《けいべつ》したように、ぼくたちを見て通り過ぎた。

「やだねえ、ああいう不細工な女、見ろよ、あの脛毛《すねげ》」

「山野もきっと生えてるぜ」

「そんなことないよ。山野さんの足は、すべすべだったよ。おれ、いつも観察してるもん」

解《わか》ってないなあ、とぼくは思った。家で、きちんと手入れをしているのかもしれないと何故《なぜ》、思わないのだろうか。ぼくは、手入れをしているのを馬鹿《ばか》にしているのではないのだ。むしろ、努力を誉めたたえてあげたい。ぼくが腑《ふ》に落ちないのは、山野舞子のような女の子たちが、仕方なく美少女になってしまったの、とでも言いたげな様子をしていることなのだ。そうして、誰もが自分の味方に付いているのを疑いもせずに、振る舞っていることなのだ。

「時田、おまえさ、いつも、山野さんとか、ほら演劇部の広瀬さんとか、ああいう可愛《かわい》い子の話になると冷たいけど、それ、なんで？」

「自然過ぎるから」

「いいじゃねえか、自然なのって。真理みたいに、ばっちりマスカラ付けてるけばいのより、やっぱ自然体だよ」

「自然体ってこと自体、なんか胡散臭《うさんくさ》いんだよなあ。自然っていう媚《こび》ってあると思わねえ？」

「言ってること、全然、解らん」

「馬鹿なんだよ、川久保は」

川久保は、いきなり、ぼくの頭を叩《たた》いた。叩き返そうと彼を追いかけていたら、チャイムが鳴り、ぼくは、仕方なく、席に着いた。

ぼくが、この件で、仲間から不思議がられていることは良く知っていた。ぼくは、女の子たちが大好きだが、どうも高校生らしからぬ趣味を持っているらしい。桃子さんや母の影響だろうか。彼女たちは、いつも、女について、ぼくに教えたがるのだ。講義の内容は、二人共、少しばかり似ている。初心に見える女は、本当は初心じゃないのよ。彼女たちは、いつも、そう言うのだ。洗脳された訳ではないが、実は、ぼくも、そう思い始めている。初心な女だけに限らない。近頃《ちかごろ》、色々なものが、ぼくの瞳《ひとみ》には、見せかけと中味が違うように映るのだ。疑心を深める季節なのだろうか。人は、ぼくをひねくれ者とも呼ぶけれど。

ふと気が付くと、山野舞子が英文を読んでいた。ぼくは、思わず川久保を見た。彼は、山野に見とれていたが、ぼくの視線に気付くと、鼻に皺《しわ》を寄せた恐しい表情を作り、こちらをにらみつけた。

山野舞子は、英文をたどたどしく読み、発音を教師に直されると、片頰《かたほお》に指を当て、困ったように微笑した。手を抜いてないなあ。ぼくは、またしても思った。男子生徒たちは、溜息をつかんばかりに、山野を見詰めていた。どの顔にも、なんて可愛いのだ!? と書いてある。しかし、その可愛いとちり方まで、ぼくには、お茶目という高等技術のように思えるのだ。ぼくは、側《そば》に寄って、耳許《みみもと》で、「お茶目さん」と囁《ささや》きたい欲望に駆られた。確か、鉄棒で失敗した主人公に、「わざ」と、やっただろうおまえは、と言葉にならない冷笑を与えた警告者の登場する小説があった筈《はず》だ。優等生の主人公は、目立たぬところにいたひとりの目利《めき》きの存在に怯《おび》えたように記憶している。うーん、ぼくは、教室が、あの小説の舞台のように思えて来たぞ。山野、おまえは、本当は「お茶目さん」ではないのか。

山野舞子は、着席する時に、肩をすくめて小さく舌を出した。教師は、なんとも微笑《ほほえ》ましい仕草だ、という表情を浮かべながら、予習をもう少しするようにと優しく注意した。ぼくは、そのやりとりを、ぼんやりとながめていたので、次に自分の名前が呼ばれたのに気付かなかった。ふと、我に返り、慌《あわ》てて教科書のページをめくったが、どこを読んだら良いのか、さっぱり解らなかった。

「時田、山野に見とれていたいのは解るが、もう少し集中しないと駄目《だめ》だぞ。この間の、おまえのテストの点と来たら……」

ぼくは頭を抱えた。勘違いもはなはだしいのである。ぼくを、川久保たちのような平凡な嗜好《しこう》を持つ者と思わないで欲しい。ぼくは、そう感じて苛立《いらだ》ったが、すぐ後で、平凡な嗜好などという言葉を思いついた自分自身を少し恥じた。自分が非凡であると意識することこそ、平凡な人間のすることではないか。ああ解らない。ぼくは、確かに、山野舞子に象徴される何かを憎んでいる。蒸し暑い季節のせいだろうか。梅雨の湿度は、ぼくの邪魔にはならない。しかし、ぼくの内側には、取り除いてしまいたい不快なものが張り付いて、心との隙間《すきま》に不協和音を生んでいるのだ。

部活を終えて家に戻ると、母は待ちかねていたように、台所のテーブルに野菜を並べ出した。

「はい、秀美くん、そこに座って、お母さまのお手伝いしてちょうだいね。にんじん、だいこん、それに、きゅうりよ。で、これが皮剝《かわむ》き器《き》」

ぼくは、皮剝き器を手にして、じろじろと母を見た。うちには、確か、こんな手抜きのための道具はなかった筈だが。

「おいしい和風サラダの作り方を教えてもらったの。野菜をその皮剝き器で全部スライスするのよ。で、特製のたれで和《あ》えるんだけどさ。でも、全部の野菜をそれで薄くスライスするのって、ものすごく面倒臭いじゃない？　特に大根一本とかさ。秀美が帰るのを待ちかねていたって訳よ。このサラダは、お利口さんなのよ。大量の野菜を食べることが出来るのよ。皮剝き器が皮剝くだけじゃないことに使えるなんて、すごいと思わない？　早速、スーパーに寄って買って来たの」

皮剝き器は、昔の子供たちが遊んだパチンコのような形をしていた。二股《ふたまた》に分れた先に刃が付いていて、そこを野菜に当てて、上から下まで移動させると短冊《たんざく》のように野菜がスライスされる。ぼくは、どのようなサラダになるのか不思議に思いながらも、テーブルに着いて、野菜の短冊を作り続けた。意外なことに、それは気分の良い手仕事だった。ぼくは、いつのまにか、我を忘れて、手を動かし続けていた。

「やだ、秀美ったら、結構、まじになってやってる」

「そう。ぼくって、大工さんとかに向いてるかもしれない。木を削ってるみたいな気分だなあ。ねえ、今度、鰹節《かつおぶし》を削るのも、ぼくにやらせてよ」

「駄目よ。あれは、おじいちゃんの楽しみなんだから」

「それにしても、こんなに大量に野菜削ってどうすんだよ。食べ切れないぜ」

「ほーっほっほ、一晩、置いたところがおいしいの。薄いおだしとポン酢につけてね。明日、会社に持ってって、食べさせてあげるのよ」

「男?」

「ま、いやあね。男の人って言いなさいよ」

「新しいの?」

「ほほほほ、ちょっぴり若いんだけれどね」

自分の新しい男に食わせるために、息子に労働を強制するとは、まったく、身勝手な母親である。しかし、皮剝き器は賢い。ぼくは、野菜を削る音が、心地良く耳を震わせるのに夢中になった。

「なんか、欲求不満の解消になるじゃん。これってさ」

「欲求不満？　何それ？　いったい、どんな欲求が溜《た》まってるのよ。肉体方面？　それとも精神状態？」

　ぼくは、返答に困って母を見た。解消されていない欲求を、ぼくは溜めていたのか、と改めて思った。

「良く解らないんだけどさ、なんだか最近、苛々するんだよね。母さんだから、スポーツで解消しろなんて言わないでくれよ。セックスのことじゃないんだ。なんか、周囲と自分が嚙《か》み合ってないっていうか。自分だけ浮いてるように感じちゃうんだよな、ぼく」

「それ、昔からじゃない」

「子供の頃と違う感じなの。子供の頃は、皆の仲間に入りたくても入れないっていうもがいてる感じがあったんだけど、今は違う。ちゃんと、良い仲間に囲まれてるもん。なんか、上手《うま》く言えないんだけど、窮屈なんだ。自由にしてるんだけど、居心地悪いんだ。それも、誰のせいでもなく、自分のせいでそうなんだ。それが解ってるから発散出来ない」

「お洋服が小さくなっちゃったかな？」

「母さん、ぼく真面目《まじめ》に話してるんだぜ。子供に話すみたいに言わないでよ」

「たとえ話よ」

母は、テーブルに肘《ひじ》をつき、興味深そうにぼくを見ていた。ぼくは、投げやりな仕草で、皮剝き器を動かし続けていた。剝いても剝いても野菜は野菜だ。ぼくは、そんなことを思った。削られて行く大根は、ぼくの手の中で、見る間に瘦《や》せ細った。ぼくは、自分の濡《ぬ》れた手を見詰めながら、この時間に、皮剝き器を握っている高校生は、世の中に何人いるだろうかと考えた。

翌朝、川久保は、とうとう山野舞子に告白する決意を固めたと、ぼくに告げた。彼の髪の毛は、ムースで綺麗《きれい》に立てられ、彼の気合の入れようを物語っていた。しかし、その髪の立ち方は、あまりにも、やる気をみなぎらせていて、ぼくには滑稽《こっけい》に見えた。手を抜かないというのは、そのやる気を隠す段階まで進むことだ。ぼくは、川久保が山野舞子に、追い付いていないのを感じた。

「無理なんじゃねえの」

「駄目でもともとだよ。彼女、ついに、バスケットボール部の仲本と別れたんだって。その後、ねらってる奴、すげえ多いと思うんだよね。先を越されないようにしなきゃ。おれ、今日、言う」

「ふうん。仲本とできてたの。川久保、彼女、背の高い男が好きなんじゃないのか？　止《や》めとけば？」

「背の高さで男の価値は決まらないよ」

決まると思うけどなあ。ぼくは、そう思ったが、川久保の真剣な様子に恐れをなして口には出さなかった。背が高いというのは男の価値を上げるのに有効である。特に、山野舞子のような女の子にとっては。

「放課後、彼女はいつも、バスケ部の練習を見に行ってたけど、もう、それもないと思う。だから、おれは、彼女が教室から出るとこを見はからって、ちょっと話があると言って引き止めるのだ」

「がんばれ」

「時田、おまえも一緒に行くんだぜ」

ぼくは、自分自身を指差して、信じられない思いで川久保を見た。

「なんで？」

「おれひとりじゃ彼女は恐《こわ》がって泣いてしまうかもしれないだろ」

「泣くもんか⁉　あの女、仲本とつき合ってたんだろ。あいつ、相当、やり手だぜ。色んな女と寝てるよ。そういう男とつき合ってた女が、おまえの告白ぐらいでびびるかよ」

川久保は、ぼくの肩に手を置き、下を向いて、満足そうな表情を浮かべた。

「時田くん、そういうきみだから、ぼくは信用出来るのだ。きみになら、彼女を取られる心配をしなくてもすむ。彼女に対する認識の違いが、ぼくをして君を選ばせたのだ。解ってくれるね、時田くん。だーってさ、おれが、もしふられた場合、他の奴らだと、しめたと思うに決まってるじゃん」

そりゃ、そうだ。と、いう訳で、ぼくは、川久保の告白につき合う破目になってしまった。友人がふられる現場を目の当たりにしたくはなかったが、少しばかり興味もあった。山野舞子が、どのように手を抜かずに、川久保に向かい合うのか見てみたかったのだ。

ところが、放課後になり、山野が教室を出るのを見届けた段階で、川久保は、情けないことを言い出した。勇気が、どうしても出ないから、ぼくに、彼の気持を伝えて来て欲しいと言うのだ。

「冗談じゃないぜえ。ぼくが、あの子、嫌いなの知ってるだろ」

「お願いだ!!　一生のお願いだ。時田さまさま。おれ、なんか緊張し過ぎて、腹が痛くなっちまって。来週一週間、なんでも言うこと聞くからよ。昼飯もおごる。マックでも、ウェンディーズでも、モスでも、森永ラブでも何でもおごる」

そういうものばかり食ってるから、肝心な時に力が出ないのだ、とぼくは言いたかったが、あまりにも情けない川久保を見ていたら断わる訳にも行かなくなってしまった。彼は、本当に下痢をしそうになっているらしく、冷汗をかいていた。立った髪の毛が元気なだけにいっそう憐《あわ》れに見える。ぼくは、教室を走り出て山野舞子を追いかけた。

ぼくは、息を切らして、山野を呼び止めた。彼女は、長い髪を振り払いながら、立ち止まり、ぼくを見た。

「山野さん、あの、ちょっと話あるんだけど、いいかな」

山野は、困惑したように、目をぱちぱちとさせた。通りがかりの女生徒が、ぼくたちを見て、くすくすと笑いながら目配せをした。

「ここじゃなんだから、ちょっと、場所替えていい？」

「別に、ここでもすむ話なんだけどな」

「皆、見てるわよ」

気が付くと、本当に、通る人が皆、ぼくたちを見て内緒話をしていた。ぼくは、山野の少し後をついて、誰もいない通路まで歩いた。中庭の見渡せる静かな場所だった。

「へえ、ここ紫陽花《あじさい》が綺麗だね」

「話ってなあに？　時田くん」

ぼくは、川久保の気持を話した。もちろん、友人として、彼が、どんなに良い奴かを二割程、余計に付け加えるのも忘れなかった。

山野は、柱に寄りかかり、髪を指で弄《もてあそ》びながら、ぼくの話を聞いていた。

「悪いけど、私、川久保くんとはつき合えない」

ぼくは、やはり、というように頷《うなず》いた。可哀相《かわいそう》な川久保。まあ、しかし、ぼくは、やるべきことはやったのだ。ぼくは、肩の荷が降りたように感じて、その場を去ろうとした。

「待ってよ、時田くん」

ぼくは、目で山野に何か用かと問いかけた。

「私が、どうして、川久保くんとつき合えないのか尋ねないの？」

「いや、別に、ぼくの知ったことじゃないし」

「ひどい」

山野舞子は、睫毛《まつげ》を伏せて唇《くちびる》を噛んだ。ずい分、長い睫毛だなあ、とぼくは、その下に出来た影を見て思った。確かに彼女は美少女だ。それは認める。しかし、その下で噛まれた唇に演技があるとぼくは感じた。白い小さな歯は、計算されたように唇を押している。媚びているじゃないか、こいつ。ぼくは途端に不快になった。ぼくは、衝動が肉体を動かすのと、作為が肉体を使うことの間にある差というものに非常に敏感な自分に、その時、気付いた。

「時田くんて、意地悪だと思う」

何故だ⁉　もしやぼくは、彼女に媚を売られているのではないのか。

山野は、伏せていた睫毛をゆっくりと上げた。それと同時に、足許にあった彼女の視線が、ぼくの体の上を移動して来た。彼女の瞳が、ぼくのそれをとらえた時、ぼくは驚いて目を見張った。彼女の睫毛は、涙で縁取られていたのだ。

「ど、どうしたんだよ」

「時田くん、冷たいよ」

「ぼくが？　どうして？」

「私の気持に気がつかない」

「なんだ、そりゃ？」

山野は、首を傾けて、ぼくを見上げた。眉《まゆ》が、せつなそうにひそめられていた。完璧《かんぺき》だ。ぼくは、そう思った。山野の後ろには、雨上がりの中で揺れる紫陽花が咲き乱れ、彼女の顔を青白く見せていた。そのせいか、瞼《まぶた》の縁の赤みがいっそう引き立ち、彼女は、文句なしに可憐《かれん》だった。

これなら、どんな男も夢中になるだろうと、ぼくは思った。彼女のすべては、無《む》垢《く》な美しさに満ちている。けれど、この世の中に、本当の無垢など存在するだろうか。人々に無垢だと思われているものは、たいてい、無垢であるための加工をほどこされているのだ。白いシャツは、白い色を塗られているから白いのだ。澄んだ水は、消毒されているから飲むことが出来るのだ。純情な少女は、そこに価値があると仕込まれているから純情でいられるのだ。もちろん、目の前の女の子は美しい。そのことに疑いの余地はない。けれど、何かが違うのだ。ぼくの好みではない何かが、彼女の美しさを作っているのだ。

「好き」

「えっ？」

ぼくは、一瞬、山野が何を言ったのか良く解らなかった。怪訝《けげん》な表情を浮かべるぼくから目をそらさずに、もう一度、彼女は言った。

「私、時田くんが好きなの。だから、川久保くんとはつき合えない」

「嘘《うそ》だろ⁉」

見る間に、山野の目から大粒の涙がこぼれ落ちた。ぼくは、すっかり動転していた。いったい、なんだって、こうなるのだ。ぼくは、こういう状況には、まったく慣れていなかった。

「私のこと嫌い？」

「そうじゃないけど」

「じゃ好き?」

「困ったな」

まさか、好きじゃないとも言えないし。山野は、ポケットからハンカチを取り出し、涙を拭《ぬぐ》った。

「ぼく、好きな人、いるから」

「知ってる。うんと年上の人でしょ。私、割り込めない？　待っててもいい。だって、ずっと、私、時田くんのこと、好きだったんだもん」

待っててもいい。その言いまわしが、ぼくの好みではないのだ。ぼくは、待つ女など嫌いなのだ。もっとも、本当に山野舞子が、ぼくを待つとは思えないが。

「山野さん、ほんと、ごめん。悪いけど、ぼく、自分の彼女が本当に好きなんだ」

「私と、どう違うの？　その人。年上なんでしょ。噂《うわさ》で聞いたけど、水商売やってる人なんでしょ？　そんなのひどい。不潔だわ」

「あのなあ……」

山野舞子は、傷付いた表情を浮かべながら、ハンカチで口を押さえていた。可愛い花模様のハンカチ。どうして、そんな仕草をするのだろう。そのハンカチをどけて見ろと、ぼくは言いたかった。ハンカチの下の唇が、どのように醜く歪んでいるのか、見せてもらいたいものだ。

「山野さん、自分のこと、可愛いって思ってるでしょ。自分を好きじゃない人なんている訳ないと思ってるでしょう。でも、それを口に出したら格好悪いから黙ってる。本当はきみ、色々なことを知ってる。物知りだよ。人が自分をどう見るかってことに関してね。高校生の男がどういう女を好きかってことについては、きみは、熟知してるよ。完璧に美しく、けれども、完璧が上手く働かないのを知ってるから、いつも、ちょっとした失敗と隣合わせになってることをアピールしてる。確かに、そういうきみに誰もが心を奪われてるよ。だけど、ぼくは、そうじゃない。きみは、自分を、自然に振る舞うのに何故か、人を引き付けてしまう、そういう位置に置こうとしてるけど、ぼくは、心ならずも、という難しい演技をしてるふうにしか見えないんだよ」

山野は、無言で立ち尽くしたきりだった。顔は、いっそうあおざめていたが、もう、それは、背後の紫陽花のせいばかりではなかった。

「ぼくは、人に好かれようと姑息《こそく》に努力する人を見ると困っちゃうたちなんだ。ぼくの好きな人には、そういうとこがない。ぼくは、女の人の付ける香水が好きだ。香水よりも石鹸《せっけん》の香りの好きな男の方が多いから、そういう香りを漂わせようと目論《もくろ》む女より、自分の好みの強い香水を付けてる女の人の方が好きなんだ。これは、たとえ話だけど」

いきなり、ぼくは、頬をぶたれた。山野舞子は、目を輝かせているように見えたが、それは怒りのせいだということが、彼女の膨んだ小鼻で解った。

「何よ、あんただって、私と一緒じゃない。自然体っていう演技してるわよ。本当は、自分だって、他の人とは違う何か特別なものを持ってるって思ってるくせに。優越感をいっぱい抱えてるくせに、ぼんやりしてる振りをして。あんたの方が、ずっと演技してるわよ。あんたは、すごく自由に見えるわ。そこが、私は好きだったの。他の子たちみたいに、あれこれと枠《わく》を作ったりしないから。でもね、自由をよしとしてるのなんて、本当に自由ではないからよ。私も同じ。あんたの言った通りよ。私は、人に愛される自分てのが好みなのよ。そういう演技を追求するのが大好きなの。中途半端《ちゅうとはんぱ》に自由ぶってんじゃないわよ」

ぼくは、打たれた頬を押さえたまま呆然《ぼうぜん》としていた。山野舞子は、怒りで震える手で、髪の乱れを直した。そして、ぼくを一瞥《いちべつ》すると、大きく息を吐き、その場を立ち去ろうとした。

「山野さん」

「何よ!!」

「今の、こたえた」

「ふん。それから、つけ加えておくけど、私が川久保くんとつき合えないのは、彼の背が低いからじゃないからね。私、髪に、ムース付けるような男、大嫌いなの。口開けて、女に見とれてるような男もね」

　ぼくは溜息をついて、去って行く山野舞子の後ろ姿を見送った。髪のつやが、離れていても、良く解った。やはり、彼女は、美少女だ。ぼくは、そう思いながら、目のはしに映る紫陽花を意識した。

　ぼくは、男子便所にこもったきりの川久保に、上手く行かなかった旨《むね》を伝えた。情けない相槌《あいづち》が個室から聞こえて来て、ぼくは、彼に同情した。もちろん、山野舞子が、ぼくを好きだと言ったことは告げなかった。それを口に出したら、ぼくの弱味をもさらけ出すことになる。

　他の人とは違う特別なものを持っていると思ってるくせに。彼女のその言葉を、ぼくは、いつまでも反芻《はんすう》していた。もしかしたら、ぼくこそ、自然でいるという演技をしていたのではないか。変形の媚を身にまとっていたのは、まさに、ぼくではなかったか。ぼくは、媚や作為が嫌いだ。そのことは事実だ。しかし、それを遠ざけようとするあまりに、それをおびき寄せていたのではないだろうか。人に対する媚ではなく、自分自身に対する媚を。

　人には、視線を受け止めるアンテナが付いている。他人からの視線、そして、自分自身からの視線。それを受けると、人は必ず媚という毒を結晶させる。毒をいかにして抜いて行くか。ぼくは、そのことを考えて行かなくてはならない。桃子さんや母が、あっぱれなのは、その過程を知っているからだ。本当の自分をいつも見極めようとしているからだ。

ぼくは、何故か、その時、皮剝き器のことを思い出した。あれで野菜を削った時のように、ぼくのおかしな自意識も削り取ることが出来れば良いのに。そうすれば、ぼくの見せかけと中味が一致する日がきっと来る。

「いいじゃないの、そんなに、じたばたしなくたって」

山野舞子との一件を聞いて、桃子さんは言った。ぼくは、少し、気を悪くしていた。彼女は、ぼくの思いつきを聞いて、あっさり、思春期のお悩みね、と笑ったのだ。

「怒んないでよ、秀美くんたら。皮を剝いても剝いても野菜じゃ仕様がないわよ。その内、人の視線を綺麗に受け止めることが出来る時期が、きっと来る。その時に、皮を剝く必要のない自分を知れれば素敵よ」

そうかなあ、とぼくは思う。考えてみれば、世の中のすべてのものには皮がある。まわりから覆われ、内側から押し上げられて出来上がる澱《おり》のような皮だ。その存在に気付かない人もいる。そして気付いてしまう人もいる。ぼくは、今、自分のそれに気付いて慌てている。皮剝き器をくれ。けれども、ぼくは、それを手にすることが、まだ、出来ない。山野舞子を嫌いだと口にしなくなった時、ぼくは、それを手にすることが出来るのかもしれない。

「で、仁子さんの作ったサラダっておいしかったの？」

桃子さんが尋ねた。

「うん、まあね。あ、だけど、おれ、もうあんなに沢山の野菜削るの嫌《いや》だからね。食いたいなんて言わないでくれよ」

桃子さんは、ばれたかと言うように舌を出して肩をすくめた。

ぼくは勉強ができる

「どうする時田、ぼくは勉強が出来ない、なんて開き直ってる場合じゃないぞ」

桜井先生は、溜息《ためいき》をついて、ぼくの成績表をめくった。彼は、とても情けない表情を浮かべている。本当に心配しているようだ。ぼくも困っている。今頃《いまごろ》、進学すべきか就職すべきかを迷っているのは、ぼくだけに違いないのだ。と、いうより誰も悩んだりしない。誰もが、当然のことのように、大学に進学するのだ。ぼくの高校はそういうところなのだ。

「いったい、どうしたいんだ、時田は」

ぼくは、ますます困ってしまい下を向いた。

「わかんないんです。皆と同じに大学に行くべきなのかなあって思うこともあるし、でも、大学で何を勉強していいのかさっぱり……ぼくって、皆より遅れてんのかな。高校が五年ぐらいあるといいんだけど」

「甘ったれてるな」

「その通りです」

ぼくの言葉に桜井先生は力が抜けたようだった。ぼくは、彼が、ぼくのことをとても好きなのを知っている。彼は、沢山のことを教えてくれた。サッカーや食べもののことや、女の子のことはともかく、本を読むことや、そうだ、本だ。

「先生、ぼくは、それでは文学部に進みます」

「……思いつきで、その場しのぎをしようったって駄目《だめ》だ。女にもてそうにもない哲学者の本なんて信用出来ないと言っていたのは誰だ」

「すみません」

「なあ、時田、先生は、おまえを追いつめる気はないぞ。誰だって、確信を持って進路を決める訳じゃないんだ。だいたい、十七、十八で、そんなこと確信するのは、おこがましいよ。未来なんて誰にも解《わか》りゃしないんだ。だけどね、時間は、いつも動いてるんだ。立ち止まってる訳には行かないぞ。簡単なことじゃないか。大学に行くにしても、行かないにしても、準備をしなきゃいけない。失敗したって、やり直せる程度のことなんだから、早目に決めた方が便利だぞ」

失敗する以前の問題なのだが、と、ぼくは思いながら外に出た。陽《ひ》ざしが熱い。遠くでサッカー部の後輩たちが柔軟体操をしている。ぼくは、もうあそこで、ボールを蹴《け》ることが出来なくなるのだ。

「感傷に浸ってるの？」

振り返ると黒川礼子が笑っていた。相変わらず少しも汗をかかないような皮膚をしている。

「最近、体の調子どう？　黒川さん」

「いいわよ。鉄分をしっかり取ってるもん。あ、時田くん、アルミの鍋《なべ》って良くないらしいから使っちゃ駄目よ。テフロン加工もよ。年を取ってから、アルツハイマーになるんだってさ。患者の脳から、長年つもったアルミが検出されてるんだって。ぼけちゃうのって、やでしょ、あ、時田くんは、もう、ぼけてるか、ははは」

ははははは。ちっともおかしくないぞ。彼女は、最近、明るい表情を浮かべている。進路の決まった秀才は、これから元気になって行くのだ。

「いいなあ、黒川さん、貧血を起こさない黒川さんて恐《こわ》いものなしだよね」

「あら、そうでもないのよ。病は気からって自分に言い聞かせているの。私には、時田くんの方が恐いものなしに見えるわ」

黒川礼子は、そう言いながら、ちらりとぼくを見た。

「時田くん、なんだか、少し困ってるようだけど、気にすることないよ。誰だって困ってるんだから。あなたは、自分のように考えてるの自分だけと思ってるかもしれないけど、それって、一種の特権意識よ。反省した方が良いかもよ」

憎らしい女だ。ぼくは、黒川礼子の後ろ姿を見ながらそう思った。しかし、それと同時に、自分自身が彼女の言う通り嫌《いや》な奴《やつ》のように思えて鳥肌《とりはだ》を立てた。病は気から。鳥肌は自己嫌悪《じこけんお》からだ。ああ情けない。桜井先生と向かい合っていた時、ぼくはぼくなのだという開き直った傲慢《ごうまん》さがなかったと言えるだろうか。

夕方、桃子さんの店に寄り、久し振りに酒を飲んだ。もっとも、この店は、酔っ払いという人種を拒否しているので、やけ酒に至ることは出来ない。しかし、やけ酒か。ぼくは、まだ高校生だというのに、疲れたおやじのような発想をしている。

「あら、それじゃ、礼子ちゃんも連れて来れば良かったのに。私、彼女、好きよ。はっきりと物を言うから気持がいいわ」

「ぼくは、ちっとも気持良くないよ。なんだか自分が嫌になるよ」

「嫌になる程の自分があるの？　桜井さんじゃないけど、やっぱり秀美くん甘えてるよ。大学行きたくないから、肉体労働者なんて考えてるのなら、肉体使ってる人にはいい迷惑よ。あなたには何も出来やしないわよ。あなたのような子は、ＰＫＯでカンボジアにでも送りたいけど、きっと足手まといになるだけね」

「そんな」

ぼくは桃子さんの冷たい言葉に愕然《がくぜん》として、カウンターに伏せた。これでも恋人か。目の前には、露を浮かべたカクテルグラスがある。こんな美しいグラスは、やけ酒には似合わない。ぼくは、色々なものから見離されたように感じていた。

「焦燥というのよ」

ぼくは顔を上げた。

「秀美くんの気分、そう呼ぶのよ。でも、それって、ちっとも、だいそれた気持じゃないのよ。大きな服を着せられた子供がむずかるようなものなのよ」

「どうすればいいの？」

「言った通りよ。大きくなればいいんじゃないの」

「そういう抽象的な言い方って、ちっとも役に立たねえや」

「ほんとね。じゃ、後で、私の部屋でセックスでもしましょう」

「こんな時に」

「具体的でしょ？」

と、いう訳で、ぼくは、桃子さんと寝たが、性的な関《かか》わり（ちっとも具体的な言い方ではないが）を持っている時には焦燥というものが顔も出さないのは、まったく、おかしなことだ。それは、あなたが若いからよ、と桃子さんは知ったようなことを言っていたが、快楽を覚えている時に進路で迷う自分を見つけ出すのは難しい。本当は、ぼくは、とても小さなことで苛立《いらだ》っているのではないだろうか。射精をしている間に忘れ去ってしまえる程度のこと。そんなことを言うと、あら射精は大事よ、と桃子さんは返すだろうが。

「秀美くんは、学校の勉強は出来ないけど、違う勉強が出来てるのよ。決して、お馬鹿《ばか》さんじゃないわ」

桃子さんは、ぼくの髪をくしゃくしゃにしながら笑って言った。

「くだんないことで悩んでるのは確かだけど、あなたの悩みの実体は、手を替え品を替え、沢山の小説に書かれているのよ。もちろん、どんな文豪も、射精の瞬間には、そんなこと忘れているでしょうけどね」

真夜中に家に戻ると、母がひとりで酒を飲みながらテレビを見ていた。社会問題に関する討論番組だ。ぼくも、ジュースのグラスを手にして母の隣に座った。

「ずい分遅いんじゃなーい、秀美くんたら、不良じゃん」

「桃子さんとこで、焦燥感を味わっていたのだよ。母さん、焦燥って言葉、知ってる？」

「あら、馬鹿にしてんじゃないわよ。今朝なんて、会社に着く前にお手洗いに行きたくなってさ、駅で焦燥の塊だったのよ」

ぼくは溜息をついた。どうして、こんなにおちゃらけているのだ、この女性は。

「母さん、真面目《まじめ》になって下さいよ」

「はい」

「ぼく、大学に行くべきかな」

「さあ？　行きたいの？　私は、どちらでもかまわないわよ。学歴があるからいいってもんじゃないのは確かだけど、行って損をすることもないわよ。ただし、お金かかるから、なるべく働きながら行って欲しいけどね。私の大学時代はね、そりゃ楽しかったわ。もう、男子学生にもてちゃって、もてちゃって」

そう言えば、母も大学に行ったのだ。不真面目な年増《としま》とばかり思っていたが、彼女も、勉学にいそしんでいたのだろうか。

「当然でしょ。好きだったわ、勉強。秀美も好きになれば？　知らないこと知るのって楽しいことよ」

知らないことを知る。なる程、そういう考え方もある。しかし、知りたいという欲求がなければ、そう思えない筈《はず》だ。クラスの皆が、その欲求を持っているとは思えない。けれど、持たなくてはいけないという決まりもないのだ。

「そうか、秀美もそういう時期か。ぼくは、勉強出来ないけど、女にはもてるなんて開き直ってる場合じゃないわね。悩める青春なのね。素敵だわ。うん、おおいに結構、しっかり悩んで母に楽をさせてくださいね」

もの別れに終わった。ぼくは、その夜、なかなか寝つかれなかった。高校に入学した時、ぼくは、迷ったりなどしなかった。そんなことで悩むには、夢中になるべき事柄《ことがら》が多過ぎた。人間関係は、今よりも重大事であったし、自分が何をして来たかや、自分が何をすべきかということを考える前に、色々なことが訪れていた。ぼくの時間は、自らの歩幅と同じように歩いていたのだ。桃子さんの言葉を借りれば、まさに、ぼくは、体にぴたりと合う衣服を身につけて成長していたのだ。

ひずみが出来たのだ。ぼくは、今、そう感じていた。自分自身とそれを包むものの間にある空気が明らかに膨張しているのだ。どうして、それを埋めることが出来るのだろう。ぼくを悩ませる重苦しい空気の覆《おお》いは、掃除機などで吸い込める類《たぐい》のものではない。ぼくは、そのことに気付いている。バキュームをかけて、そこを真空状態にする、そうして気付かないという行為を能動的にやってのけている者たちがいることも知っている。悩んだりしたって良いじゃないか、とぼくは胸を張れない。黒川礼子が指摘するまでもなく、それがある種の鼻持ちならないことであるのを、ぼくは直感で感じ取っているのだ。

もうじき夏休みがやって来る。いつもなら、汗をかきながらも解放感に胸のボタンをひとつ余計に外す季節、今年は、誰もが、ただ夏の陽ざしに蒸されている。季節への印象が自分の心持ちによって変わってしまうのを、多くの子供たちが知る。子供？　ぼくは、まだ子供なのだろうか。いっぱしの発言をしていても、自分自身を持て余して憂鬱《ゆううつ》だ。桜井先生は、一応、ぼくを進学する生徒の部類に入れた。ぼくは、仕方なしに補習の授業を受けているが、もちろん、教師の声など耳を通り抜けて行くばかりだ。

そんなある日、授業中に、ぼくの祖父が倒れたとの連絡が入った。ぼくは、桜井先生に早退の許可をもらい、病院に駆けつけた。途中、電車の中で、ただぼんやりと窓の外を見ていた。心配するというより、何か、不思議な思いが、胸の内に湧《わ》いていた。ぼくは、朝、いつも通りに散歩に出掛けた祖父の姿を思い浮かべた。とても元気だった。しかし、彼が、確実に、数年の内には死を迎える年齢であったことに気付いて唖然《あぜん》とした。倒れたのは奇妙なことでも何でもないのだ。ぼくは、時が、いつのまにかゆるやかに流れていたように思っていたが、それは祖父にとっても同様のことだった。それまで、自分の時の流れは、水とは違い上に向いていたように思っていたが、どうやら錯覚であるらしいと、今、感じていた。人がいつかは必ず、死に辿《たど》り着くという当たり前のことを思い出して溜息をついた。時間を上に押し上げて流していると思うのは、エネルギーという名の傲慢さではないのか。ぼくたちは、本当は、ただ流れて行っているだけではないのか。そう思うと、錯覚ばかりが交錯しているのが人間の一生のように思えて来る。将来のため、と大人たちは言う。しかし、将来とは確実に、握り締められる宝であり得るのか。手にしたら消えて行く煙のようなものではないのか。

病室に行くと母はまだ来ていなかった。担当している作家の原稿が、まだ出来ずに、横浜に行っているということだった。死んだって知らないぞ、とぼくは怒りを覚えたが、幸い祖父の容態はたいしたことはなかった。医師の話によると心臓が少しばかり、いかれているだけなんだそうだ。お年がお年ですからね、とにこやかに話す医師の顔を見て、ぼくは力が脱《ぬ》けた。お年がお年という言葉は感じが悪くないと思った。人は、お年になれば誰もが死ぬという事実は、孤独感を伴わない。

　ぼくは、眠っている祖父の側《そば》に腰を降ろした。この人が死んだら嫌だなあと思った。彼も、多分、ぼくを残して死ぬのは嫌だろうなあ、と、そこまで思うと、なんだかやるせなくなった。それは、大きな悲しみというより、ひとり分の空間が出来ることへの虚《むな》しさを呼び覚ます。人間そのものよりも、その人間が作り上げていた空気の方が、ぼくの体には馴染《なじ》み深い。笑いや怒りやそれの作り出す空気の流れは、どれ程、他人の皮膚に実感を与えることか。多くの人は、それを失うことを惜しんで死を悼《いた》む。

　生きていることは錯覚ばかり、とぼくは病院に来る途中に思ったけれども、残す空気は、形を持たずして、実感を作り上げるのだ。しかし、その空気により他人に記憶を残せなかった人間は虚しい。やがて灰になるなら、重みある空気で火を燃やしたい。

　それにしても、いつも意気さかんな祖父が、大人しくベッドに横になっている姿は妙である。ふざけて、おじいちゃん安らかに眠ってますねと囁《ささや》いたら、彼は、突然目を開けて、ぼくをにらんだ。

「まだ、死んでないぞ」

「そのようですね」

「美しい女性を見かけたので追いかけようとしたら、何故《なぜ》かぶっ倒れたのだ」

「美しいって……どうせ六十、七十のおばあちゃんでしょ、まったく呆《あき》れちゃうよ」

「それでも年下だ。年下の女性に目がないのだ」

ぼくは、やれやれと言うように肩をすくめた。初志貫徹というか、これだけ自分を貫き通している人も珍しい。

「仁子に聞いたが、大学に行くか否《いな》かで悩んでるそうじゃないか。結構、結構」

「何が結構なのさ、なんか、ぼく、うんざりだよ」

「ここのところ暑いからなあ」

「そういうんじゃないですよ、おじいちゃん。なんか焦《あせ》ってるんですよ。焦燥っていうんですよ」

ぼくは、近頃、自分が抱えているもやもやとした心の状態を話した。黒川礼子や桃子さんに言われたきつい言葉のことなども。祖父は、まるで天気予報でも聞くように、呑気《のんき》に頷《うなず》いていた。

「体に合わない服を着せられた子供とは、桃子さんも良いことを言う。おじいちゃんの場合は秀美と反対だ。いつのまにか、着ている洋服が小さくなり過ぎてるのに気付かなかったから破けてしまったらしい。いやはや、今さら繕っても仕方がないし、ぼろをまとってこのまま行くか」

「でも、心は錦《にしき》ですよ、おじいちゃん」

「馬鹿者!! 演歌のような台詞《せりふ》を口にするな。私は演歌が大嫌《だいきら》いなのだ。私は、貧乏という試練は甘んじて受けるが、貧乏臭いのはお断わりなのだ」

なるほど。しかし、ぼくの心の状態は、今、どちらかというと貧乏臭い。少しも潔《いさぎよ》くないような気がする。ぼくは、ぼんやりと病室の壁を見詰める。病室というのは、保護されたぬるい空気を漂わせている。ぼくは、とても、穏やかな気分になっている。それは、きっと、体が健康だからだろう。本当は、死と隣り合わせのあらゆる不安と孤独が、あちこちに無言のまま散らばっているのだ。

「どうせ、人って死ぬのかと思うと、将来ってどういう意味があるのかって考えちゃうよ。理想を追いかけてたって、体が消えちゃえば、それまでじゃない。ぼく、来る途中、考えてたんだ。煙をつかむようなものだって」

祖父は、興味深そうに、ぼくを見詰めた。

「煙をつかむのに手間をかけて何が悪い。秀美、そういうことをダンディズムと呼ぶんだぞ。まあ、悪あがきと言えないこともないが、格好の悪いことでは決してないぞ。物質的なものなんぞ、死んだら終わりだ。それなら煙の方がましだ。始末に困らないからな。困らないものがいったい何なのか、おまえにもその内、解る時が来るだろうよ」

　そんなものかなあと思っていたら、勢い良くドアが開いた。母が息を切らして立っていた。

「お父さんたら!!　元気なんじゃありませんか!!」

　祖父の、おあいにくさま、という言葉を聞いた途端、母は、へなへなと床に座り込んだ。

「大丈夫？　母さん」

「大丈夫じゃないわよ!!　もう、死んだかと思ってびっくりしちゃって、そしたら、お医者さまが、二、三日で家に帰れるって言うし、きーっ!!　どうしてくれるのよ、このハイヒールの踵《かかと》！　シャルル・ジョルダンの新品なのよ、五万八千円もするのよお！」

　靴《くつ》の踵の皮が見事に剝《む》けていた。やはり、母も死を予感して慌《あわ》てたのだろうか。祖父が死んだら途方に暮れるであろう自分を思い、走り続けたのだろうか。皮膚に刻まれた祖父の残した実体を失いたくないと切望して、ここに向かったのに違いない。なかなか親思いの娘じゃないか、母さん、と思う一方、人は、自分の体に残された他人の刻印の威力を死というものを間近に感じた時に思いしるのだと、ぼくは、改めて感じた。

「いいじゃないか、靴ぐらい」

「秀美ったら!!　五万八千円なのよ!!」

ぼくは、吹き出しそうになりながら祖父を見た。

「ずいぶん物質的なものにとらわれてますね、おじいちゃん」

「うむ、靴に五万以上かけていたとは。女には金がかかるものだな。女の足は、裸足《はだし》になってこそ価値があるというのに、ひゃひゃひゃ、いや、若い頃のことを思い出してね」

笑い転げるぼくと祖父を、母は、唇《くちびる》を嚙《か》みしめてにらみつけていた。

翌日、ぼくが登校するのを待ちかねたように、真理がやって来た。片目に大きな眼帯をしている。

「おじいちゃん、倒れたんだって？　大丈夫？」

「うん、たいしたことないよ。それよか、その目、どうしたんだよ」

真理は、ぼくの耳に唇を近付けて囁いた。

「えー？　整形手術!?」

「しっ、もう片方は、夏休みにやるんだ。秋になったら、私の眼差《まなざ》しにくらくら来ないでね。秀美を受け入れる余裕なんてないから」

ぼくは、信じられないというように目を見張った。まあ、真理らしいと言えば真理らしいのだが、何も、今やることないじゃないか、と思った。

「だってさ、私、卒業したら、すぐ水商売に入りたいんだもん。良く、遊びに行く店のママさんに可愛《かわい》がられてさ。私、素質あるって、自分でも思うんだよ。だから、秀美にも、協力してもらわなきゃね」

「ぼくが何を協力するの？」

真理は、少し照れたように下を向いた。

「ちょっと、教養身につけたいんだ。と、言っても、あんたに、学校の勉強教えてくれなんて、もちろん言わないよ。ほら、秀美って、桜井先生や桃子さんの影響で、意外と、本とか読んでんじゃん。そういうこと。私って、そういうのに、全然、縁がないでしょ。今さら、誰かに、その種のことを尋ねるの恥しい訳よ」

ぼくは、しばらくの間、真理を見詰めていた。いつもの香水とは違う匂《にお》いが鼻をかすめた。

「この香水、なんていうの？」

「ラクロワの新しいやつよ、いいでしょ。ね、どうなの？　私、真面目だよ」

ぼくは、ふと、真理を抱きしめたくなった。女としてじゃない。外国人の男たちがするような親愛の情が肩の骨格を動かすような、ああいう種の抱擁を彼女に与えたくなったのだ。

「ぼくの知っていることで良ければ」

「うー、優しい奴だな、秀美って」

真理は、ぼくの腕をつかんで笑った。その横を、脇山が、卑屈な様子で通り過ぎた。彼は、明らかに寝不足で健康を害しているように見えた。

「保《も》つのかね、あいつ、あんなで」

「いいじゃん、こないだの試験でも一番だったし、満足でしょうよ。それしか、取り得ないんだし。あ、ところで、秀美も、大学に行くんだって？」

ぼくは、ばつの悪い思いで笑っていた。どうやら、そういうことになりそうだ、と言うぼくの背中を真理は、思いきりぶった。

「何、情けない顔してんのよ。大学に行って、私に、もっと、色々なことを教えてちょうだいよ。私は、秀美から、あれこれ勉強すんのが好きなんだから」

「ぼくから？　ぼくから、何かを今まで教わったことなんてあった？」

「沢山あるよ、知らないの？　秀美を通した当たり前のことは、みいんな当たり前じゃなくなってるんだよ。私は、大学生なんて、だいっ嫌いだけど、大学生になった秀美のことは、好きになるって確信がある。何故って、あんたは、きっと、人とは違う勉強家になるって思うから、あ、やばい、うちの先生来ちゃった。じゃあね、後で」

真理は、スカートを翻《ひるがえ》して、隣の教室に駆け込んだ。ぼくは、ふうん、と頷きながら、彼女の後ろ姿を見ていた。ラクロワの残り香は、いつまでも、鼻をくすぐっていた。そういえば、彼女もいつもぼくに教えている。顔にかぶせた仮面のようなパックや睫毛《まつげ》を丸めるはさみのような器具の使い方や香水の種類など、つまり女の努力というようなものを。本のことなど言い出したのも、その同列に並べられるものをひとつふたつ増やしたいからだろう。気楽だなあ、とぼくは微笑《ほほえ》みたくなる。そして、微笑むと、体は軽くなる。

放課後久し振りに、ぼくは、サッカー部の部室を訪れた。全員が集合して、夏の合宿の計画を立てていた。強化合宿と銘打っているが、ぼくの知る限り、このチームが、合宿によって強く生まれ変わったことはない。皆で、何が何だか解らないけれど、ボールを追いかけて走り回ろうという意欲を持つ日々なのだ。そして、それが、この上もなく幸せなのだった。何が何だか解らない。しかし、それを解明するつもりは誰にもない。走ること、ボールを追うこと、そして、そうすることで作り上げる空間を味わい尽くすのだ。

「あれ、時田先輩、どうしたんですか、珍しい」

後輩の安部が声を上げた。桜井先生も、どうしたのか、というように眉《まゆ》を上げて、ぼくを見た。ぼくは、初めて、この部室を窮屈だと感じた。

「ちぇーっ、ぼくが来ちゃいけねえの？」

　皆、笑って、ぼくのために席を空けた。ぼくは、合宿計画を書き込んだ紙を手に取って見た。もちろん、そこには、ぼくのための計画はない。けれど、ぼくが蹴ったボールは、いつも部室に転がっているし、ぼくが書いた落書きもロッカーのドアにある。

「なーんか、練習してえな。いいでしょ、先生、たまには」

「かまわないよ。ただし、足手まといになるなよ、ずっと練習してないんだから」

「そういうのって、強いチームの言葉でしょ」

　ぼくは、久し振りにグラウンドを駆け巡った。マネージャーの女の子たちが、嬉《うれ》しそうに叫んでいた。ここには心地良いものが確かに存在している、とぼくは思った。死に至る孤独も、とらえどころのないダンディズムも姿を現わさない。ユニフォームは相変わらず、体に吸い付き、気持良い。それなのに、ぼくは、それらをやがて失う。ぼくは、ここで、確かに勉強をしていた、と今になって思う。ここを離れることになって初めて、そのことに気付く。永遠に、グラウンドを走っていたのでは解らなかったであろう何かを、ぼくは確実に、体の内に残しつつある。汗が目に入って痛い。しかし、それが痛みだけではないことを、今、ぼくは、走りながら悟って行く。

「久し振りに桃子さんとこ寄ってくか」

着替えているぼくに桜井先生が声をかけた。

「えー、汗臭くて、桃子さんに嫌がられないかなあ。先生、明日じゃ駄目なんですか」

「明日は、松井のアメリカ行きのことで色々あってな」

そうか。そう言えば、彼の両親は、ずっとあっちだっけ。あいつのひとり暮らしも、いよいよ終わりか。

桃子さんの店に向かう途中、ぼくと桜井先生の話題は、松井のアメリカ留学に終始した。来年の秋に向けて、色々な準備があると言う。

「ま、良かったよ、御両親も喜ぶだろう。他の奴らも、どうにかこうにか形になって来たし、一安心ってとこかな。残るは、時田、おまえだけだぞ」

来ると思った。先生は、あまりうるさくは言わなかったのだが、彼が心配しているのは良く解っていた。この友情にも似た師弟愛（なんとも照れ臭い言葉である）ってのは、何なのだろうね。勉強が出来ない子程、可愛いということだろうか。

「ぼくは、大学に行きますよ」

「何⁉」

「そんな驚かなくたって良いでしょう。ぼくが大学に行くの、おかしいですか」

った。何故だか解らない。笑いたくてたまらなくなって来たのだ。だって、今さら、ぼくが、こんなこと言えるだろうか。勉強が出来るようになりたい、だなんて。

桜井先生は、気味悪そうに、ぼくを見た。ぼくは、おかしくなって、ひとりで笑

「時田がそんなに素直だと気味が悪いな。いったい、どういう心境の変化だ」

「大文豪が射精をくり返してたら、はたして、文学が生まれていただろうか、というようなことを知りたいんですよ」

桜井先生は、唖然とした表情を浮かべて、ぼくを見詰めていた。ぼくは、先生の受けた衝撃を少しでもやわらげてくれる桃子さんの笑顔を求めて、店の扉《とびら》を押した。

番外編・眠れる分度器

色のない写真がある。そこに、赤インクの雫《しずく》が落とされた。時田仁子が教室に入って来た時、奥村は、そのような印象を受けた。彼女の唇《くちびる》が真紅に塗られていたせいばかりではない。瞳《ひとみ》の色、無造作に広がった長い髪、意志の強そうな太い眉《まゆ》などが、教室に鮮やかな色を運んで来たように感じられ、彼は、うろたえて、しばらくの間、手元の資料に視線を落とした。

「時田秀美の母親です。こちらに座ってもよろしいかしら」

「お座りください」

「気持の良い日ね」

奥村は顔を上げて仁子を見た。知り合いが道端で出会った時に口に出すのには相応《ふさわ》しい言葉だが、子供の担任と母親が教室での個別懇談で交わす最初の挨拶《あいさつ》としては、似つかわしくないように、彼には思われた。五月の確かに気持の良い日。しかし、生徒の父兄と共に過ごして気持の良かったことなど、今までにあったであろうか。

仁子は、窓の外に目をやったままだった。その上の空の様子は、息子の秀美に良く似ている、と彼は思った。十一歳にして、すべてを悟ったような目で自分を見詰める時田秀美を、彼は、他の子供たちのように可愛《かわい》がることが、どうしても出来なかった。反抗的なのであれば、また、対処の仕様がある。けれど、秀美は、いつも蔑《さげす》んだような色を瞳に浮かべ、無言で、彼を見据《みす》えるのだ。

「お宅の秀美くんには、少々、問題がありましてね」

仁子は、我に返ったように、奥村を見た。

「問題とおっしゃいますと……」

「転校して来て、一ヵ月以上たつのに、まだ、友達が出来ないみたいなんですね。この間も、同じクラスの男の子を殴って泣かせていたし」

「あ、その話なら、秀美から聞きました。当然だと思うわ。川田くんって子が、うちに父親がいないことを馬鹿《ばか》にしたんですって。おまけに、秀美のジーンズに穴が開いてるのは、父親がいなくて貧乏だからだろうってはやしたてたらしいんです。私だって、殴ってやりたいわ」

「そんなふうにお子さんを教育なさるのは、決して正しいとは思いませんがね」

仁子は、突然、吹き出した。奥村は、下を向いて、くすくすと笑う彼女を憮然《ぶぜん》とした様子でながめていた。

「私生児だってことや貧しいってことを馬鹿にするような子供は殴られて当然よ。それなのに、秀美の方が廊下に立たされてたのって、どうかしています。奥村さんは、そうは、お思いにならないの？」

「暴力は、いけないことですよ、お母さん。ついでに、ぼくを、さんづけで呼ぶのは止《や》めて下さい」

「奥村様とでもお呼びすればよろしいの？　私も、お断わりしたいのですけど、お母さんって呼ばれたくないわ。あなたは、私の先生ではないし、私は、あなたのお母さんではありません。だいたい、一見したところ、奥村さんと私、同じくらいの年齢に見えますけど」

　奥村は、呆《あき》れてしまい、言葉を失った。もう少し敬意を払え、と、口に出しそうになったが、何かが、彼を押しとどめた。

「何故《なぜ》、秀美くんは、穴の開いたズボンを穿《は》いているんですか。あの子の着ているＴシャツも、古びて色あせてますよ。この資料を見ると、あなたは、きちんと一流大学を出て、出版社に勤めている。新しい洋服を買ってあげられない訳はないでしょう。秀美くんが友達にからかわれているのを可哀相《かわいそう》だと思いませんか？」

「思いません。色のあせたＴシャツと、リーバイスが私の好みなんですもの。それに、うちに、高価な服を買うお金なんかありません。私の父の面倒も見なくてはならないし、私だって、お金が必要です。女ひとりだと、色々、お金がかかるんです」

　奥村は、仁子の見るからに高価《たか》そうな黒のスーツに目をやった。胸元が深く切れていて、プラチナの鎖が鎖骨の上でかすかに盛り上がっていた。

「あなたのような考えの母親を持つと、子供は、ぐれますよ」

仁子は、顎《あご》を上げて、笑いを浮かべた。奥村は、心の奥に嫌悪《けんお》が湧《わ》き上がるのを、抑えることが出来なかった。生徒の母親でなかったら、席を立って、すぐにでも、この場を離れるところだ。男を見くだしたような表情を浮かべるこの種の女を、彼は、学生時代から嫌悪して来たのだった。

「奥村さんは、占い師のようなこと、おっしゃるのね。秀美が、ぐれるかぐれないか賭《か》けましょうか」

「あなたは、ぼくを馬鹿にしているんですか？」

「してないわ」

肩をすくめて、仁子は続けた。

「ただ、私は、あなたに、秀美の本当の教師になっていただきたいんです。大学で習って来た教育論とは、まったく、別なところで、あの子の力になって欲しいんです。これは、私の経験からも言えることだわ。私、あの子に、他の子供と同じような価値観を植えつけたくないんです。つまり、大学出ないと、偉くなれないよって教えるような母親でありたくないんです」

「私が、そう教えていると？」

「そうは言ってません。でも、心配はしてるわ。川田っていう生徒には、何もおっしゃらなかったんでしょ。そんなのずるいわ」

「ずい分、あなたには、理想がおありのようですね。ぼくなんか、必要ないと言わんばかりだ」

「そう聞こえてしまったのなら、ごめんなさい。奥村さんのことは必要です。他人と関《かか》わることは良いことだわ。あの子の一番身近な大人は、私と担任の先生です。よろしくお願いします」

仁子は、頭を下げたが、笑いをこらえるかのように唇をへの字に曲げていた。子供が子供なら、親も親だったか。奥村は、溜息《ためいき》をついた。どういうつもりか知らないが、このような態度をとって、効果的だと思っているなら、あまりにも愚かしいと、彼は思った。時田秀美が転校して来て、一ヵ月。もう既に、彼は、秀美を見るのも嫌《いや》になっていた。教師にあるまじきことだとは、彼は思わない。可愛がりたい生徒と、なるべくなら関わり合いになりたくない生徒は、はっきりと、彼の心の中で区分けされている。後者の親が、こんなふうでは、なおさらである。人の好き嫌《きら》いは、どうしようもないことだ。

それにしても、一般的な母親像は、どれも似たようなものだが、時田仁子は、あまりにもかけ離れている。暖かく、世話やきで、子供の将来をいつも憂《うれ》えているのが、世に言われるところの母親であるなら、目の前のこの女はいったい何なのだろう。まるで、故意に、教師の神経を逆撫《さかな》でするような態度は、いったい、どういうつもりなのだろう。教師は、教え子の両親に敬われるべきであるというのは、暗黙の了解であった筈《はず》なのに。こちらから、それを求めなくても、彼らから好意が向かって来る。そのことによって、教師と親とは、親しい関係、心地良い共犯の意識を持ち得るのだ。それが、子供を正しい方向に導くのに、どれ程、有効であることか。

　素人《しろうと》の女のくせに。奥村は、心の中で、毒づいた。こちらの苦労など、解《わか》りもしないくせに、生意気なことを言う。母親は、教師に救いを求めてこそ、その愛情が教室で還元されるのだ。

「嫌な母親だと思ってらっしゃるわね。顔に、そう書いてあるわ」

「あなたは、どうして、そう先まわりをして、人を不快にさせるんです」

「ごめんなさい。ところで奥村さんは、今、おいくつでいらっしゃるの？」

「三十五です」

「ふうん。私より、二つ年上ね。でも、ずい分、同年代なのに考え方が違うみたい」

「あなたと同じような考えの方など、いらっしゃるんですか？」

「もちろん！　私のまわりにはね。奥村さんのまわりには、ご自分と同じ考え方をなさる方たちばかりなんでしょうね」

「そうです。ごく普通ですよ」

「なんて、つまらない」

反論する気も起きずに、奥村は唇を嚙《か》みながら、時田秀美の前の小学校の成績表を開いた。仁子は、おもしろそうに、彼の手元を覗《のぞ》き込み、その拍子に、苔《こけ》のような匂《にお》いの香水が漂った。

翌朝、奥村が教室に行くと、時田秀美のまわりに子供たちの輪が出来ていた。

「こら、もう、とうに、チャイム鳴っただろう。おまえら、何やってんだ」

子供たちは、渋々と席に着いた。人垣《ひとがき》の失《な》くなった秀美の机の上には、雀《すずめ》の死骸《しがい》が載っていた。秀美は、頰杖《ほおづえ》をついて、それを見詰めていた。

「時田、その雀、どうしたんだ」

「死んだんです」

「それは、解ってる。どうして、そんなもんが、机の上にあるんだ」

「ぼくが載せたからです」

「どうしてだ。どこで拾って来たんだ」

「道で死んでたんだ。だから、後で、お墓を作るんです。ここに寝せといていいですか？　先生」

秀美は、訴えかけるような目で奥村を見た。

「それじゃあ勉強出来ないだろう？　皆の迷惑は、考えないのか、時田は」

「そうじゃないけど……」

「そのままにしておけば良かったのに。生き物が死ぬと土に還《かえ》るんだぞ」

「でも、アスファルトの上で死んでたんだよ。あのままじゃ車にひかれちゃいます。土になんか還るもんか」

秀美は、雀をかばうように、机に伏せた。ああ言えば、こう言う。まったく、この子供は、母親に似ている、と奥村は思った。

「じゃあ、こうしよう。多数決だ。このまま、死んだ雀を机の上に置いたままにしていても、いいと思うもの手を上げて」
四、五人の子供が手を上げた。やだあ気持悪い。どこかで、そんな声がした。
「今すぐ、校庭の隅《すみ》に置いて来た方がいいと思う人」

数えるまでもなかった。秀美は、唇を嚙み締めて、雀を手の中に入れ立ち上がった。

「時田、多数決は民主主義の原則だぞ。裏庭の池の側《そば》にでも捨てて来なさい」

「民主主義って、くだんねえや」

奥村は、秀美が呟《つぶや》いた言葉を無視した。秀美が出て行くと、子供たちは、ひそひそと笑い声で囁《ささや》き合っていた。

「あいつ、焼き鳥にして食っちまうんじゃねえか？」

「やりかねない‼」

奥村は、声の主をたしなめ、出席簿を開いた。彼の耳の奥には、秀美の言葉が薄気味悪い響きを伴ってこだましていた。民主主義ってくだんねえや。不意に時田仁子の赤く塗られた唇が目の前に浮かんだ。彼は、あの分をわきまえない母親を憎んでいるのに、ようやく気付いた。

秀美は、池の側の芝生の上に雀を置いたまま、しばらく、ぼんやりしていた。もちろん、授業中に、雀の死骸を机の上に置くのが良いこととは、彼も思っていなかった。そんなのは解り切ったことだ。けれど、解り切った以外の展開が、朝のホームルームでくり広げられることを彼は期待していたのだった。彼は、それ程、雀という鳥を愛している訳ではなかった。たまたま道で出会ったに過ぎない。いわば、彼にとって、雀は他人のようなものだった。死んでいたからと言って嘆き悲しむ必要もなかった。彼は、死というものに、心魅《こころひ》かれてしまったのだった。生き物が、ただの物体と化して道路に置き去りにされるという事実が不思議でたまらなくなったのだ。家族のいないたったひとりの人って、死んだらどうなるのかなあ、と彼は考えた。やはり、置き去りにされるのだろうか。土に還ると先生は言ったけれど、道端で死ぬ人は、そんなに多くはないだろう。誰かが面倒を見るのだろうか。彼は、雀の羽を撫でた。雀も死ぬ時には、目を閉じているのが、少し悲しかった。

秀美が教室に戻ると、奥村は、教科書から目を上げて、やさしげな表情を作った。

「動物を大切にするのは、とても良いことだぞ、時田」

秀美は、うんざりしたように首を傾《かし》げた。どうして、そういう決まり切ったことを言うのかなあ、と言いたげだった。

奥村は、自分の背筋にいつのまにか、冷汗が伝わるのを感じた。取るに足りないことを、そのまま眠らせて置かないこの生徒を自分は、恐れているのではないか。そんな思いが、頭をかすめた。

子供たちに対して誠実であるべきなのは、もちろん、解っている。しかし、時折、説明出来ない事柄《ことがら》を矛先をずらして、うやむやにすることもあるのを奥村は、自覚していた。そんな時、彼は饒舌《じょうぜつ》になる。子供たちは楽しげに、彼の言葉を待っている。なんという可愛い児童たち。彼は、その瞬間、子供たちを心から愛している。感謝している。気付かないということ。それが子供の純粋さであり、特性であるのだ。教師とはいえ、自分だって、三十をいくつか過ぎたばかりの若者なのだ。解らないことがあったって仕様がない。そんな自分を無知ゆえに許してくれる子供たちの前で、彼は、教師という職業が、一種の快楽のようにも思う。無垢《むく》な小さい者たち。そして、それを暖かく見詰める自分。彼は、心の中の歪《ゆが》みを忘れる。素晴しい教室。

時田秀美のような子供が、彼の前に現われたことは、それまでなかった。潜んでいるかすかな後ろめたさをえぐり出そうとするように大人を見詰める子供。大人の事情を解ろうとしない忌々《いまいま》しい存在。秀美は、転校して以来、素朴《そぼく》な言葉で、教室の平和を乱して来た。家庭環境のせいで、いじけているのなら可愛らしい。けれど、秀美には、そういった子供の使命のような暗さが欠片《かけら》もないのだ。同情をそそらない子供を、彼は愛することが出来ないと思う。世の中には、手首をすりむいただけで、大人の気持を握り締めるいたいけな子供たちがいるというのに。弱い者をいたわりたいという願望を心地良く満たしてくれる小さな人間が、そこかしこに待ち受けているというのに。

自己紹介をする時、秀美は、教壇の上で、ぼんやりと立ち尽くしているように見えた。まだ慣れない教室で怖気《おじけ》づいているのかと思った奥村は、助け舟を出してあげるべく、彼の頭の後ろに手を当て、おじぎをさせようとした。しかし、秀美は、その手を振り払って言ったのだ。

「先生、頭を下げるのは、人に無理矢理させられてするものだと思いません」

奥村は、唖然《あぜん》として、しばらく無言で秀美を見詰めていたが、次の瞬間、猛烈に腹を立てた。彼は、もう一度、秀美の頭をつかみ、力ずくで、頭を下げさせたのだった。

その時の上目づかいになった秀美の目には、怒りがこもっていた。彼は、もう一度、自ら軽く頭を下げ直して、小さな声でよろしくと呟いた。もちろん、その登場の仕方に、子供たちは反感を持ち、秀美を当分の間、友達として受け入れないことを、暗黙の了解とした。

奥村は、最初の印象で、自分は、この子供を決して好きになることはないと直感した。はたして、秀美は、事あるごとに、奇異な行動をとり、彼をうんざりさせた。自習時間には、ハーモニカを吹き続け、隣の教室の教師に叱《しか》られた。音楽も勉強だとぼくは思う、と悪びれずに答えたと言う。家庭科で、サラダを作ることになった時、十本ものきゅうりを持ち込んで輪切りにし、家に持ち帰ったと言う。夕食の支度は自分の仕事なのだと言訳していた。女子のスカートをめくり、意味ありげに頷《うなず》いていた。その女子は泣いていたが、一向に気にしない様子だった。国語の時間には、変格活用の発音を皆で叫ぶのが、おかし過ぎると言って、腹を抱えて笑い続けていた。図工の時間には、粘土で、男性性器を作り、ズボンにはさんでふざけていた。

奥村が叱るたびに、彼は、こう言った。先生がどうして怒るのか、ぼくには全然、解らないです。そのたびに、奥村は、秀美の頭をこづいた。一度、力あまって、秀美が床に転がったことがあった。彼は、立とうともせずに、奥村を反抗的な目でにらみつけた。

「時田、皆を馬鹿にして、そんなに楽しいか」

「馬鹿になんかしてません」

「じゃ、何故、そんな行動ばかりとるんだ。団体行動を乱すのは、一番、悪いことなんだぞ」

「団体行動なんて、つまんないや」

母親が教え込んだに違いないと、奥村は、苦々しく思った。まあ、いい。自分の信念に基づいて子供を育て上げるのもいいだろう。しかし、後に、苦労するのは、子供の方だ。皆と同じ行動をとれない人間は、社会に受け入れられずに堕落して行くだけなのだ。その内、あの母親も後悔する時が来るだろう。社会に順応出来ない子供の行きつく先は決まっているのだ。

「時田、おまえな、このままだと不良になってしまうぞ。人間はひとりじゃ生きて行けないんだ」

「そんなの知ってます。ひとりじゃ、すごく寂しいっていうのくらい、ぼくにも解る」

「そうか。じゃ、少し素直になってみたら、どうだ。おまえは、お父さんがいない。

そのことで、これから、ハンデを背負って行くんだぞ。おまえがちゃんとしてないと、お父さんがいないからだって、言われるように、きっとなる。そんなの嫌だろ」

「先生、ずるいよ」

奥村は、怪訝《けげん》な表情で、秀美を見降ろした。彼は、泣いているのか、手の甲で、目をこすっていた。

「世の中に、お父さんのいない子が、どれ程、いると思ってるんですか？　その人たち全部が、何かあると、お父さんがいないからって言われるんですか？　そういうことを言う人たちで作ってる社会になんて、ぼくは入りたくないや。不良だって、そんなら、かまわないよ。ぼくの母さんだって、昔、不良少女だったんだって、あの人、自分で言ってるもん。そのことが自慢なんだって、言ってる。あの人は、すごく格好いい女の人だ。学校で、前へならえ、だけはしなかったのは確かだ。前へならえ、なんてくだんないよ。それだけならまだしも、ちっちゃい前ならえだって？　馬鹿みたいだ。ぼくは、ちっちゃい前ならえをするような人間にはなんない。お父さんがいなくたって、全然、平気だよ。そんなこと、ぼくとは、関係ない」

奥村が呆気《あっけ》にとられている間に、秀美は、立ち上がった。他の子供たちは、奥村の怒りを恐れて、ひと言も口をきかなかった。秀美は、しばらく立ち尽くしたまま、何かを考えているふうだったが、やがて、自分の席に戻った。

「お父さんがいないってことが、どうして、そんなに一大事なんだろ」

彼は、そう呟いて、教科書をぱらぱらとめくった。

「教科書に、答え書いてあるの？　そうは思えないや。でも、みんな書いてあるみたいに喋《しゃべ》るんだから、もしかしたらそうかもしんないね。おじいちゃんに聞いてみるんだ、ぼく」

奥村は、転校して来た初日に、秀美の側に、常に微笑を浮かべて立っていた品の良い老人の姿を思い浮かべた。あの祖父は、母親よりも、余程、良識というものを持ち合わせていたように見えた。さぞかし、この孫に、手をやいているのではないか。

他の子供たちは、強烈な事件の成り行きを固唾《かたず》を呑《の》んで見守っていた。子供が教師に逆らうというのを彼らは、初めて、目撃したのだった。彼らにとって、教師は、自分たちの上に君臨する脅威に等しかった。彼らは、教師を漠然《ばくぜん》と恐れていた。その恐れを少なく感じさせる教師程、彼らの好意をものにすることが出来たが、その分、威厳は失われた。恐れるということは、従うということだった。彼らは、従うことが、どれ程、学校での生活を快適にするかという知恵を身につけていた。両親の口振り、特に母親のそれは、教師の領域を犯してはいけないのを、子供たちに常に悟らせているのだった。そこに、「尊敬に値いするもの」というラベルの扱い方を、上手《うま》い具合に、組み込んでいた。それ故《ゆえ》、子供たちは、そのラベルを剝《は》がすのが、自分に困難をもたらすことに等しいと、本能的に悟っていた。

親しみ深い教師は、何人も存在していた。彼らを見つけ出すたびに、そっと、子供たちは、ラベルを剝がしてみる。そのことが、教師を喜ばせ、休息を伴った自らの地位の向上に役立つのを知っていたからだ。しかし、糊《のり》は、いつも乾かさないように注意している。生暖かい唾《つば》を広げて、不都合を察知すると、すぐに、休息を封印する。

教師に忌《い》み嫌われる子供は、その方法を、知らないのだった。習得してしまえば、これ程便利なものの存在に気付いていないのだった。鈍感さのために。あるいは、知ろうとしない依怙地《いこじ》さのために。賢い子供たちは、前者を見下し、後者を排斥する。すると、不思議な優越感に身を浸すことが出来る。優越感は、連帯意識を育て、いっそう強固になって行く。そうなると、もう、それを捨てることが出来なくなる。恐《こわ》いのだ。教師に対して持つ脅威よりも、はるかに、連帯から、はじき出されることに対する脅威の方が大きいのだ。

子供たちは、とうに、秀美を排斥しつつあったが、このような事件に遭遇すると、混乱して言葉を失ってしまうのだった。秀美が何の役にも立たない勇気を意味なく誇示しているように思われた。そこまでして、彼が、何を証明したいのかを理解するには、子供は子供であり過ぎる。そして、彼を理解しようと試みるには、子供は、あまりにも大人のやり方を学び過ぎていた。

他の子供と自分は違う。この事実に、秀美は、とうに気付いていた。自分の物言いや態度が、他人を苛立《いらだ》たせるのも知っていた。そのことで、彼は、たびたび孤独を味わっていたが、自分には、常に支えてくれる母親と祖父が存在しているという安心感が、それを打ち消していた。打ち消して、それでも、まだ溢《あふ》れて来る力強さを、保護者の二人から感じていた。そう思うと、学校での出来事など、取るに足りないことのようにすら思えて来る。彼は、自分の帰る場所に存在している大人たちから、自分の困難が、成長と共に減って行くであろうことを予測していた。それは、時間の流れに沿って泳いで行けば、たちまち、同種の人間たちに出会うだろうという確信に近いものをもたらした。

過去は、どんな内容にせよ、笑うことが出来るものよ。母親は、いつも、そう言って、秀美を落ち着かせた。自分の現在は、常に未来のためのものだ。彼は、そう思った。そして、ある堤防まで辿《たど》り着いた時に、現在は、現在のためにだけ存在するようになるのを予感した。堤防を越えようとする時、その汗のしたたりは、現在進行形になる筈だ。それまでは、どのような困難も甘受するのが、子供の義務だと、現在彼は思った。くだらない教師に出会うのは身の不運、素晴しい教師に出会うのは、素晴しい贈り物。彼は、そう自分に言いきかせる。すると、必ず、心の内に、前の小学校の白井教頭の顔が浮かぶのだった。

秀美は、祖父の次に白井教頭を愛していた。彼は、子供たちに、自分を見くびらせるという高等技術を持って接していた。けれど、誰も、本心から白井を見くびる者はいなかった。見くびらせて子供と親しくなろうという魂胆を持った教師は、少なくなかったが、子供たちは、うわべのたくらみは、すぐに見抜いた。好かれようと子供に媚《こび》を売るのではなく、子供たちと同じ視線でものを見てみたいという、純粋な欲望から、彼は自らを気やすい者に仕立てていたのだった。そして、その姿勢は、好ましいものに、子供たちの目には映った。子供たちの世界で、やはり、嘘《うそ》は罪であり続けるのだった。

秀美と数人の仲間は、休み時間や放課後、用もないのに、校長室の前をうろついた。そこに、白井教頭がいることが多いからだった。運良く、校長が不在の時、彼らは、中に入り、白井と話をすることが出来た。

秀美は、彼に、こんな質問をしたことがある。

「生きてるのと、死んでるのって、どう違うんですか？」

白井は、笑って、秀美を見詰めた。秀美の連れていた他の子供たちも、興味津々《きようみしんしん》

きるぞ。

という表情を浮かべて彼の答えを待っていた。

「先生は死んだことないから、正確なことは解らんが、考えてみることは出来るぞ。きみたちは、どう違うと思う？」

子供たちは、口々に、叫んだ。

「心臓が止まっちゃうこと！」

「お墓が自分の家になること！」

「息が止まること！」

「えーと、えーと、天国の住人になること！」

「ばーか、おまえなんか、地獄に行くんだい」

「冷たくなって、動かなくなること！」

「食べ物を食べなくてもすむこと。ピーマンを食べなくてすむんだ」

「お墓にピーマンも入れてやるよ」

「うるせえ」

まあまあ、と言うように、白井は、子供たちを制した。

「なかなか、当たってるかもしれないぞ。でもな、心臓が止まっても呼吸が止まっても、お医者さんは、死んだと認めないこともあるんだぞ。それだけでは、生き返る場合もある」

白井の言葉に衝撃を受けて、子供たちは、顔を見合わせていた。信じられなかった。どうやら、死ぬのには、色々な条件があるらしい、と悟ったのは、この時が初めてだった。

「先生は、どう思うんですか？」

秀美は、もどかしそうに尋ねた。すると、微笑を浮かべて、白井は、自分のワイシャツの袖《そで》をまくり上げて、腕を出した。

「先生の腕を噛んでみる勇気のある奴《やつ》はいるか？」

意外な質問に、子供たちは、驚いて言葉を失っていた。

「ぼく、やります！」

秀美は、呆気に取られる仲間たちを尻目《しりめ》に、いきなり、白井の腕に噛みついた。

「もっと、もっと、手加減しないでいいぞ。なんだ、時田、おまえの歯は入れ歯か？　ちっとも、痛くないぞ」

秀美は、むきになって、上顎に力を入れた。白井は、さすがに、苦痛を感じたらしく、顔を歪めた。

「いててて、降参、降参、すごいりっぱな歯だな、時田のは」

白井は、ゆっくりと、力を抜いた秀美の口を、腕から外した。そこには、歯の跡がくっきりと付き、血が滲《にじ》んでいた。

「わあ、血が出てる」

誰かが呟いた。秀美は、自分の唇を指で拭《ぬぐ》った。口の中が生温く、錆《さ》びたような味が漂っていた。

「どうだ、時田、先生の血は？」

「あったかくって、ぬるぬるします。変な味がする」

「それが、生きているってことだよ」

白井の言わんとすることを計りかねて、子供たちは顔を見合わせた。秀美は、軽い吐き気をこらえながら、白井の次の言葉を待った。

「生きてる人間の血には、味がある。おまけに、あったかい」

「じゃ、死ぬと味がなくなっちゃうんですか？」

「そうだよ。冷たくて、味のないのが死んだ人の血だ」

へえっと、驚きの声が上がった。

「だからな、死にたくなければ、冷たくって味のない奴になるな。いつも、生きてる血を体の中に流しておけ」

「どうやったら、いいんですか？」

「そんなのは知らん。自分で考えろ。先生の専門は、社会科だからな。あんまり困らせるな。それから、時田、このことも覚えとけ。あったかい血はいいけど、温度を上げ過ぎると、血が沸騰《ふっとう》して、血管が破裂しちゃうんだぞ」

秀美は、曖昧《あいまい》に頷いた。彼は、舌に残る血の味を何度も反芻《はんすう》していた。味のある血。この言葉を、もしかしたら、自分は、生涯《しょうがい》、忘れることはないのではないか。そんな予感が胸をかすめた。吐き気は、もう、とうに治まっていた。それどころか、喉《のど》に移行する不思議な暖かさを、いとおしくさえ思っていた。


帰宅して、雀の一件を話すと、祖父の隆一郎は、しばらく、何事かを考えていた。秀美は、奥村の言葉を思い出すだけで、腹立たしい思いに襲われた。隆一郎が、奥村を非難してくれれば、少しは気が治まるのだがと思っていた。しかし、隆一郎は、珍しく早く仕事を終え、台所で料理をしている仁子に大声で、こう尋ねた。

「おーい、仁子、昔、吉村さんたちと雀の焼いたのを食べただろ？　あれ、なんていう料理屋だっけ？」

「おじいちゃん!!　ぼくは、雀料理の話をしてるんじゃないんだぜ」

「うーむ、思い出せんと、気持が悪くてなあ。おい、仁子！」

はい、はい、と返事をしながら、仁子が台所から出て来た。

「あそこ、確か、『なかむら』じゃなかったかしらね、お父さん、赤坂の店のこと言ってるんでしょ」

「そうそう。『なかむら』だ。いや、あの雀はうまかった」

「絶品だったわねえ。つき出しのからすみも最高だったじゃない？」

秀美は、うんざりして、ランドセルから、連絡帳を出して、開いた。

「あーっ、忘れてた。母さん、明日、三角定規と分度器持ってかなきゃならない。購買部で買うから、お金ちょうだい」

「えーっ、今、ピンチなのよお」

「……母さん、三角定規と分度器だよ。ぼくは、母さんみたいに、洋服や香水買うって言ってんじゃないんだよ」

「あら、秀美ったら、暗に、私を非難してる。生意気な子ねえ」

「暗にって……ちゃんと、はっきりと非難してるんだよ。うちの家計は、母さんのおかげで、滅茶苦茶《めちゃくちゃ》なんだよ。無駄《むだ》づかいばっかしてんだから」

秀美の言葉に、いかにも恥入った様子で、仁子はうなだれた。わざとらしく、エプロンの裾《すそ》を両手の指でもみしだいている。

「私って……悪い母親？……」

「ん、むむむ……」

「ねえ、私って、悪い母親？」

「そ、それは」

「答えて。私って悪い母なの⁉」

「そ、それは、母さんは、良い母親だと思うけどさ……」

「あ、そう。やっぱね」

仁子は、何事もなかったかのように立ち上がると、台所に戻って料理を続けた。

秀美は、溜息をついて、隆一郎の方に向き直った。

「おじいちゃん、まだ雀料理のこと考えてるんじゃないだろうね」

隆一郎は、ぎくりとして、愛想笑いを浮かべた。

「いや、そういう訳じゃないんだがね、ははは」

「ぼく、三角定規と分度器を買うんで、お金が必要なんです」

「ほお。おまえは幸運な子供だ。おじいちゃんが学生時代に使っていたのがあるぞ」

「ぼく、新しいのがいいよ。おじいちゃんのって、皆のと違うと思う」

「由緒《ゆいしょ》正しい品物だぞ」

そう言って、隆一郎は立ち上がり、押し入れの中の段ボール箱を開けて、何やら捜し始めた。

「すぐ、節約しようとするんだから」

「おお、あった、あった」

隆一郎は、古い革張りの箱を秀美に渡した。開けて見ると、そこには、古い製図用具が、柔らかなビロードの上に、動かないよう、はめ込まれていた。

「コンパス、定規、おじいちゃん、これなあに？」

「カラスぐちだよ。ほら、この柄《え》は、象牙《ぞうげ》だぞ。こっちに、三角定規と分度器もある。こんな高価なもの持ってったら、先生方は、さぞかし感心するだろう」

「この定規、木じゃない？　後ろが透けて見えないと不便だよ。こんな古臭いもん持ってくの嫌だなあ」

「ものの価値の解らない子だ。仁子、この子は誰に似たんだろうねえ」

「おばあちゃんじゃないの？　秀美の父親は、シックな物の好きな人だったから」

結局、秀美は、そのような価値ある物を子供が使うのは、分不相応であるという理由で、新しい三角定規、分度器を購入することになった。案外、沢山のお金の入った仁子の財布を、秀美は、やれやれというように覗いていた。

夕食の最中、秀美は、奥村をどうしても好きになれないことを打ち明けた。仁子と隆一郎は、興味深そうに彼の話に耳を傾けていた。

「私も、あの人、あまり好きになれないわ。でも、わりと、ハンサムよね」

「ハンサムかどうかなんて、ぼくには関係ないもん。あんまり、好きな顔じゃないや。やだなあ。あの人、ちっとも、おもしろくないんだもん。当たり前のことしか言わないんだよ」

「まあ、まあ、二人共。世の中、そんなに、おもしろい教師が溢れてる訳はないじゃないか。どちらかと言うと、つまらない教師の方が多いぞ」

「でも、前の学校には、結構いたよ」

「そうよ。清水先生なんか、素敵だったわ」

「母さん、あの先生とできてたでしょ」

「できてたなんて言葉を使わないでよ、いやあね、秀美ったら。そういう時は、おつき合いしてたって言うのよ。うちで、品のない言葉を使うの許しませんよ」

仁子は、赤くなって反論した。秀美は、憮然とした様子で、漬《つ》け物《もの》を嚙んでいた。

「ま、奥村先生を気に入らないのは仕方ないな。しかし、秀美が、嫌いだってのを態度に出しても仕様のないことだぞ。教師だって、人間だ。聞けば、その奥村さんとやらは、まだ三十五歳だって言うじゃないか。彼には、彼なりの理想があるだろう。それと秀美が合ってないだけで、ひどい奴ときめつけるのも早計だぞ。黒か白かときめつけるのは、仁子もそうだが悪い癖だ」

「でも、あの先生の言うことを、はいはいって、ぼく聞けないよ。頷いてばかりいれば、良い子だって思われるのは解ってるけどさ、明らかに正しくないことに従えないよ。ぼく、先生が間違ってるってことを言おうとすると、すぐ怒られる」

「言い方にも、問題あるんじゃないのか？　秀美がむきになると、迫力あるからなあ。まだ、がきのくせして」

「うん。時々、ぼくもそれは少し良くないかなって思う。ぼく、人を馬鹿にしたりする時、根性悪そうな目付きになってるの自分でも解るもん。でも、おじいちゃん、誤解しないで欲しいけど、なにかハンデを持ってる人のことは馬鹿にしたりしないよ。偉くもないのに、偉そうにしてる奴を馬鹿にするんだよ」

「そりゃ感心感心。けどね、秀美、馬鹿にしてることを相手に知らせようとはしないで、同情してあげたらどうだね。その方が、波風立てないし、相手にも効くぞ」

「そうなの？」

秀美は、ぼんやりと宙を見た。あの奥村に同情するなんて、そんなこと出来るだろうかと、彼は疑問に思った。

「同情ってことを覚えると、優しい顔付きになるぞ。ただし、それは、ほんとに優しいってことと違うよ。一種のお芝居だ。同情仮面は便利だぞ」

仁子が、胡散臭《うさんくさ》そうに、隆一郎の顔を見た。

「お父さんが、誰かに同情してるなんて、聞いたこともないわ。一体、どなたに同情したことがおありなの？」

「む、それは、あの、ほら、さっきの雀だよ。死んだ雀」

力なく答える隆一郎の前で、秀美と仁子は、笑いをこらえていた。

秀美は、三角定規で平行線を引いたり、分度器で角度を計ったりするのが、すっかり好きになった。新しい文房具は、いつも、子供たちに、学習意欲を湧かせる。コンパスで定規に自分の名前を彫り、そこにクレパスの色を入れる方法を得意気に披露《ひろう》している子供もいて、その日一日、教室は、にぎやかだった。

秀美は、ふと、隣の席の赤間ひろ子が、三角定規を手にしていないことに気付いた。

「赤間さん、定規は？」

ひろ子は、ぎこちなく笑いながら答えた。

「忘れちゃったの。ちゃんと、机の上に置いといたのに、馬鹿みたい」

「ふうん。じゃ、使う時、ぼくの貸してあげるよ」

「いいよ、別に」

秀美は、肩をすくめた。せっかく貸してあげようとしてるのになんて奴だ、と彼は思い不愉快になった。皆、ぼくのことをへそ曲りとか何とか言っているみたいだけど、余程、こいつの方が、へそ曲がってる、と、彼は心の中で呟いた。赤間ひろ子は、下を向いて怒ったような表情を浮かべていた。

算数の時間、最初の挨拶が終わると、奥村は、定規と分度器を出すように言った。

教室じゅうがざわめいていた。そして、それに紛れるように、奥村が、赤間ひろ子の席に近付いた。彼は、自分のポケットから、小さな包みを出して、ひろ子の机の上に置いた。ひろ子は、頰《ほお》を真っ赤に染めて、奥村を見た。

「赤間は、これを使いなさい」

秀美は、その言葉の意味が呑み込めずに、隠れて行なわれた二人のやり取りを横目で見ていた。

「こら、時田、何、よそ見してる」

秀美は、うんざりしたように、前を見詰めた。教壇に立っている奥村は、いつもの憎々しい表情を浮かべ授業を始めた。

何か、変だ。秀美は、一瞬、教室の空気が、動きを止めたように感じたのだった。彼は、自分の周囲をきょろきょろと見渡した。そして、ある事に気付いて、ぎょっとしたのだった。子供たちは、皆、奥村と赤間ひろ子のやり取りを見ていたのだ。それも、はしゃいで雑音を作り、見ていないというアリバイを作りながら、視線をひろ子の席に動かしていたのだ。

実は、秀美には、最初から不思議に思っていたことがあった。その疑問が、自分のみに湧いて来るのだと確信していたので、口に出すこともなかったのだ。謎《なぞ》が解けた。秀美は、気付いて愕然《がくぜん》とした。

赤間ひろ子は、いつも給食が終わる頃《ころ》に、立ち上がって、こう言った。

「パン残した人は、受け付けまーす。あたしんちのお庭に来る鳥さんたちの餌《えさ》に、ご協力お願いしまーす」

皆、給食の食器を戻す前に、ひろ子の席に来て、残したパンを置いて行くのだった。あっと言う間に、ひろ子の机の上は、パンの山になった。秀美は、それを横目で見ながら、鳥の餌にするくらいなら、自分で食った方がましだと思っていた。第一、他人より食欲の旺盛《おうせい》な彼は、給食のパン一個では、とても放課後まで持ちこたえられそうになかった。愛鳥週間でもあるまいし。秀美は、そう思い、ひろ子の机の上の大量のパンを恨めし気に見た。彼女は、あらかじめ用意してあった紙袋に、丁寧にそのパンを入れていた。

しかし、あんなに沢山のパン。しかも毎日だ。いったい、ひろ子の家の庭には、どれだけ沢山の鳥がやって来ると言うのだろう。秀美は、不思議でならなかった。

「ありがと、助かっちゃう。うちに来る鳥さんたち、すごく食べるんだよ」

ひろ子は、パンを置いて行く子供たちに、そんなふうに礼を言っていた。ほんとに、鳥の餌付《えづ》けって大変、とでも言うように、肩をすくめながら、袋の口を慎重に折り曲げていたひろ子。

秀美は、思わず片手で自分の額を軽くぶった。自分を間抜けだと心から反省した。

あのパンは、鳥の餌などではなかったのだ。彼女の家の貴重な食料だったのだ。定規を買えない程の貧しい家庭があることなど、彼には、それまで予想もつかなかった。自分の家の家計がかなり苦しいということは知っている。しかし、それは、生活費に事欠くという種類のものでは、決してない。笑いとばせる程度のものだ。しかし、赤間ひろ子の家は、冗談の入る余地などないものだ。あの嫌味な奥村でさえ、こっそりと、ひろ子のために定規を渡さなくてはならない程、彼女の家は困窮しているのだ。口に出せない程の貧しさが、あったなんて。

それ以上に、秀美の心に衝撃を与えたのは、そのことをクラス全員が知っていたことだ。鳥の餌だと言うひろ子の嘘を、黙認していたということだ。皆、共犯で、秀美だけが、仲間外れにされていたのだ。彼は、唇を噛み締めた。誰を責めるのでもなく、自分を殴ってしまいたい思いに駆られて、算数の授業どころではなかった。

「三角形を各自で書いてごらん」

奥村の声が、はるかかなたで聞こえているような気がした。

「そして、三つの角を分度器で計ってごらん」

秀美は、机に肘《ひじ》をつき、両手で顔を覆《おお》いながら、指の隙間《すきま》をこっそりと開け、ひろ子を盗み見た。

「ほうら、すごいだろう。どの三角形も三つの角を足すと百八十度になる」

ひろ子は、感動したような表情を浮かべていた。どうして、そんなことに感動出来るんだ。秀美は自分の心が苛立つのを感じた。

あちこちから、どうしてなんだろうという素朴な驚きの声が洩《も》れていた。奥村は、秀美に目をやり、そのまま首を横に振りながら無視した。おおかた、あの学のある母親が、知ったかぶりをして教えてしまったのだろう。本当に、親が親なら、子供も子供だ。

やがて、給食の時間が来た。いつもなら、真っ先に献立を調べに行く秀美だったが、今日は気分が重かった。しかし、食べ始めると、急に体は空腹を訴え始め、彼は、貪《むさぼ》るように、食べ物を口に運んだ。

ふと、パンをちぎる手が止まった。秀美は、そっと、ひろ子を見た。彼女は、行儀良くスープを啜《すす》っていた。彼は、それ以上、パンを食べるのを止めた。

食事が終わると、いつものように、ひろ子は、大きな声で言った。

「パンを残した人、うちの庭にやって来る鳥さんたちのために協力してね」

皆、例のごとく、残ったパンを、ひろ子の机の上に載せて行った。机の上に、パンの山が出来、ひろ子は、皆に、お礼を言いながら、持参した紙袋に、それを入れた。

「あの、赤間さん」

秀美は、おそるおそる彼女に声をかけた。ひろ子は、怪訝そうな表情を浮かべ、何の用かと目で問いかけた。

「これ、ぼくも、残しちゃったんで、きみんちの鳥に……」

秀美は、半分程残したパンを、ひろ子に差し出した。見る間に、ひろ子の顔が赤くなり、目は、恐怖を感じたかのように見開かれた。ひろ子は、ゆっくりと、秀美に向かって手を出したが、それは震えていた。秀美は、一刻も早くパンから手を離したいというように、彼女にパンを握らせた。しばらくの間、そのパンは、彼女の手の内にあった。秀美は、ほっとして、自分の食器を片付けようと立ち上がった。その瞬間である。ひろ子が、そのパンを秀美に投げつけたのは。

秀美は、最初、いったい何が起こったのか、まったく理解出来なかった。しかし、床に落ちてつぶれたパンを目にした途端、自分が、とんでもないことをしてしまったことに気付いた。慌《あわ》てて、ひろ子の顔を見ると、彼女は、目に涙をなみなみとたたえ、秀美をにらみつけていた。

「ごめん……ぼく……」

ひろ子は、机につっ伏して大声で泣き始めた。秀美は、言葉を失って、床に落ちたパンを拾った。つぶれたパンには、ひろ子の指の跡が、くっきりと付き、彼女の気持を物語っていた。

秀美は、自分の背後から、音のない溜息が押し寄せて来るように感じて、思わず後ろを振り返った。そこには、いくつもの彼をとがめる目があった。彼は、パンを手にしたまま、非難の視線を受け止めた。子供たちは、無言で秀美をののしり、そうすることで、ようやく、彼を、この教室の仲間として受け入れたのであった。

秀美は、それまで味わったことのない感情を抱えて帰宅した。隆一郎は、モーツアルトを聴きながら釣竿《つりざお》を磨《みが》いていたが、秀美の様子を見るなり、それを止めた。

「どうした。学校で、御不幸でもあったかな？」

秀美は、隆一郎の側に駆け寄り、畳に伏して泣き始めた。なんだか、ひどく悲しかった。同時に、いくらでも涙を流せるこの場所が、とても心地良く感じられた。

「ぼく、ひどいことしちゃったのかなあ？」

秀美は、隆一郎に、事の顚末《てんまつ》を話した。その間じゅう隆一郎は、秀美の頭を撫でていた。

「だから言っただろうが。おまえのやり方にも、ちいっとばかし、問題があるって」

「だけど、ぼく、赤間さんを心配したんだ。皆のするように、あの子の手助けをしようとしただけなんだ。昨日、おじいちゃんの言ってた同情ってことじゃないよ。本当に、そうしなければばって気持になったんだ」

「ふむ」

隆一郎は、再び釣竿を点検し始めた。

「プライドって言葉は知ってるだろう？」

「うん」

「おまえは、赤間さんって子のプライドを粉々にしちゃったんだなあ。誰もが、その子に同情してた。でも、おまえは、それに気付かなかった。それで、その子の気持が、どれだけ救われていたことか。そして、他の子たちが、おまえに、それを教えないことで、どれだけ、赤間さんを助けていたことか。でも、自分で、気付いちゃったんだなあ」

秀美は、涙を拭《ふ》きながら起き上がった。

「でも、そんなつもりじゃなかったんだよ。赤間さんのプライドをつぶそうなんて、思いもよらなかったんだよ」

「そんなつもりじゃないのが一番悪い」

隆一郎は、不貞腐《ふてくさ》れたように足を投げ出す秀美を、おもしろそうに見詰めた。

「悪意を持つのは、その悪意を自覚したからだ。それは、自覚して、失くすことも出来る。けどね、そんなつもりでなくやってしまうのは、鈍感だということだよ。賢くなかったな、今回は。おじいちゃんの言ってること解るか」

秀美は、負けを認めたかのように頷いた。

「ぼく、自己嫌悪《じこけんお》になっちゃうよ」

「ほお。そんな言葉、どこで覚えて来た」

「ぼくが作ったんだよ」

「嘘をつけ」

障子が、音もなく開けられ、仁子の顔が覗いた。

「何よ、二人で。また、悪い相談してたんでしょう」

「今日は早いな」

「これから、お出掛け。ね、遅くなると思うから、お父さん、お夕食、お願い！　あれ？　秀美、泣いてんの？　どうしたの？」

秀美は、恥しそうに、母親から顔をそむけた。隆一郎は、笑いながら、仁子に耳打ちをした。

「自己嫌悪に陥ってるらしいぞ」

仁子は、呆《あき》れたように、拗《す》ねた様子の息子を見詰めた。

「その年齢で自己嫌悪だなんて、なかなかまともじゃないの」

「うるさい！　母さんなんかあっちに行け」

「ふん、親にそんな口きくと、ますます自己嫌悪に陥るわよ」

仁子は、そう言い残すと、音を立てて障子を閉めた。秀美は伏せて畳に頬を押し付けたまま動かなかった。涙は流れ続けていたが、もう、泣きたい欲望は失《う》せていた。畳の匂いは、彼の心を安らがせた。さっきまで感じていたのが自己嫌悪という心の動きだとすると、それは、ある意味では心地良いものかもしれないと、彼は感じていた。濡《ぬ》れた頬に当たる畳の目は、どこまでも続くように思えたし、その行き着く先では、祖父の胡坐《あぐら》が感情を受け止めてくれるのを彼は知っていた。愛情という言葉を彼は、まだ知らなかったが、安心して自分自身を憎めると思えるのは、常に肉親が見守る範囲内で行動するからであると気付いていた。

「おじいちゃん」秀美は、起き上がり、もじもじした。

「何だ」

「明日から、ぼく、赤間さんに対して、どうしたらいいのかなあ。謝れば謝る程、あの人やな気持になるんでしょ」

「普通にしてりゃいいんじゃないか。おまえに出来ることなんぞ何もないぞ」

「でも、励ましたりとかさ」

「自惚《うぬぼ》れるんじゃない」

隆一郎は、秀美を横目で見ながら、釣竿を片付け始めた。

翌日、秀美が登校すると、赤間ひろ子は、既に席に着いて漢字の書き取りをしていた。彼のおはようという挨拶《あいさつ》に、ひろ子は顔を上げ、昨日のことなど忘れたように微笑《ほほえ》みを浮かべて、同じ言葉を返した。

「時田、漢字の練習して来たか？」

後ろの席の宮田という少年が秀美に尋ねた。

「漢字の練習って？」

「知らねえの？　今日、テストあるんだぜ。ドリルの五ページ目まで練習して来いって、奥村先生言ってたじゃん」

そういえば、そんなことを帰《かえ》り際《ぎわ》に聞いたような気がする。秀美は、思い出しながら舌打ちをした。

「仕様がねえなあ。ドリル開いてみなよ。おれが出そうな漢字教えてやるよ」

秀美は、不審そうな表情で宮田を見詰め、後ろ向きに椅子《いす》に腰を降ろした。彼が話しかけてくるのは初めてのことだった。

「これとこれが間違いやすいから、出るらしいぜ」

「なんで？」

「昨日、塾《じゆく》の先生が言ってたんだもん」

「そうじゃなくて、なんで、ぼくに教えてくれるの？」

宮田は、不思議そうに秀美を見た。

「変な奴だなあ、相変わらず。前の席に座ってるからだろ。助けてやったっていいじゃん。違う?」

「う、うん」

秀美は、登校し、昇降口で靴《くつ》を脱いだ瞬間から、自分を包んでいる奇妙な空気に気付いていた。何か真新しいものが自分に向かって押し寄せているように感じたのだ。たとえば、冬の終わりに吹いた一瞬の風で、春の訪れを悟ってしまうように、下駄箱《げたばこ》で、すれ違った級友の視線だけで、自分を取り巻くものが、それまでとは異なっていることを知ったのだった。

秀美は、宮田と向き合い、漢字の練習をしながら、何度か顔を上げて、彼の顔を盗み見た。そして、ついでに、教室を見渡した。秀美は、自分の肩の上に載っていた重苦しいものが急速に取り除かれて行くのを感じていた。誰も、秀美を見ていなかった。けれども、誰も、彼を無視していなかったのである。子供たちは、秀美の知らないところで、彼の受け入れ態勢を整え、今日の朝を迎えたのであった。つまり、この教室全体で、彼に対する人見知りという仕打ちを止《や》めたのであった。

秀美の気持は知らぬ間に浮き立ち、鉛筆を持つ手は震えた。

「時田って、すっげえ、字が下手でやんの」

後ろから、覗《のぞ》き込んだ少年が、秀美の書き取りを茶化した。いつもの秀美なら、おまえよりはましだと反抗する所であったが、何故《なぜ》か今朝はそう出来ず、彼の顔が赤くなった。二、三人の少年が、その言葉に誘われて、同じように秀美の手元を覗き込んで笑った。秀美は、頭を掻《か》きながら、照れ笑いを浮かべるしかなかった。彼は、人々が自分に対して悪意を持たないことの幸福感を静かに味わっていた。不当な敵意や好意を拒否して来たこの少年は、ようやく自分の望む場所を教室の中に得たのだった。彼は、自然に振る舞うことを覚えた。それが、震える手による書き取りであってもである。

奥村は、授業中、秀美が後ろの生徒と無駄話をして、くすくす笑うのを見て慌てた。こんなにも急に、秀美が教室に溶け込んでしまうのは不本意だとすら感じていた。奥村は、いつのまにか、秀美を、自分のための教材として見ていたことに気付いた。秀美に対する忌々しさの中には、自分のものにならないがために、歯ぎしりをしてしまうような焦燥感と、それを克服したいという意欲の両方が含まれていたのだった。

「ほら、そこの二人、無駄話は止めなさい」

奥村の言葉に宮田は、怯《おび》えたように体をびくりとさせ下を向いたが、秀美は平然と姿勢を正しただけだった。奥村は、このような秀美の態度が気に入らないのだった。子供は、上の者に対して、時折、卑屈な様子を見せるものだが、それは、子供らしさという美しい言葉の条件のひとつだった。それを持たない者は、奥村の神経を苛立たせるのである。

秀美の様子は、常に堂々とし過ぎていた。何も恐がっていないようなその態度は、それが、あからさまに虚勢であると悟らせるものであれば納得が行くのだが、秀美の場合、そうではなかった。外からの刺激に、心が反応し、それと同じ分量だけ表情を作るという心がまえに満ちていた。従って、奥村が子供たちを喜ばせようと冗談を口にしても、秀美は、本当におかしいと思わない限り笑わなかったし、大人の威を示そうと高圧的な態度に出ても、恐がりもしないのだった。奥村は、そうしたことで、子供相手の自分の作為を見破られたような気まずい気分を、たびたび味わった。

秀美自身は、そうした自分の行動を押し通すことが、教室に馴染《なじ》めない原因を作っているのを知っていたため、内心、居心地は悪かった。前の小学校の時のような快適さが得られないのに困惑したまま日々を過ごしていた。けれど、赤間ひろ子の一件で、どうやら、何かが変わったらしいことに、今日、気付いたのだった。それは、子供達全員が秀美を好きになったということではない。むしろ、好きになるか、嫌《きら》いになるかという選択権を期限なしに自分たちの目の前に置いたことに似ている。それは、選び取らなくてもかまわないものであり、それ故に、彼らは新しい気楽さを手にしたものの喜びを味わうことが出来るのである。受け入れないと決意することには、ある種の重荷がつきまとう。そのことを常に、意識しなくてはならないからだ。そこから解放された子供たちは、秀美を容易《たやす》く扱うことを覚え気を楽にする。奥村が、心にわだかまりを持つのは、彼に、子供たちと同じ選択肢《せんたくし》が与えられていないのを知っているからだった。彼は教師という務めに忠実であろうとし続けるために、生徒と自分を常に別の立場に立つ人種と思わなくてはならなかった。転校生が教室に慣れた、というこの喜ばしい事実は、彼の手を必要とするべきだったのだ。子供たちが自ら、秀美のために居場所を空けてあげたと考えるのは彼にとっては屈辱であった。そして、その自分の心の動きを確認することも、彼にとっては不快であった。

今時、テレビ番組に登場するような熱血漢の教師が実在するとは、奥村は思わない。しかし、彼は、教師という職業に理想を持っていた。そして、ようやく、それに向かう醍醐味《だいごみ》が解《わか》り始めた頃だった。子供たちを愛し、導くということが、どれ程、自分を満足させることか。自分の言葉が影響力を持つと自覚した時、どれ程の心地良さが自分を襲うことか。腕力ではなく、知性でそれをやってのけることが、どれ程、周囲の空気を高貴な色に染め変えることか。今まで、つちかって来た理論やモラルなどを形にする快楽を、彼は教師という役割に見出《みいだ》していたのである。それは、単純に、教えたいという欲望のレベルではないと彼は確信していた。動物をしつけるという段階でもなかった。そうあるべき人間を創造することに、彼は快楽すら覚えていたのだ。

その恍惚《こうこつ》を秀美のような子供によって侵されるのはたまらなかった。秀美が奥村に、何をしたというのでもない。視線、振る舞い、言葉のすべてが、無意識過ぎて、奥村を恐がらせるのだった。そう奥村が感じるのは、彼の心が、まだ若く柔軟であることの証明でもあることを、自分で気付いてはいないのだった。自分の理想が、何かが欠けた不安定なものであるのを楽天的に認めるには、彼は、臆病《おくびょう》であり過ぎた。

秀美は神経質そうに眼鏡の汚れを拭う奥村を見詰めていた。なんだかつまらなそうな大人だなあ、と彼は心の内で呟《つぶや》いた。奥村を嫌っているというのではなかった。担任であるという事実を受け入れていただけだった。嫌いになる程のエネルギーを秀美は奥村に対して持ちようがなかった。秀美は、子供たちが自分を受け入れたように、担任教師を受け入れていただけだったのだ。けれども、相手はそうではないことに、彼は気付いていた。

どうも、奥村先生は、居心地が悪いようだ。彼は、そう思った。ぼくは、あの人を好きにはなれないけれど、何も反抗しようとしている訳ではない。それなのに、いつも、ぼくに威厳を示そうと四苦八苦しているようだ。そう思うと、彼は吹き出したくなる。素敵な大人は沢山いる。たとえば、白井先生のような人だ。あの人が嫌《いや》だって言っても、ぼくは側《そば》に寄りたくなってしまう。その素敵さは、年をとっているからではないような気がする。大人だから、おもしろくて素敵だという理由はない。大人にも、良い種類とそうでない種類があるのだ。何故、そうなってしまうのだろう。奥村先生は、絶対にはめを外さない人のように見える。そのはめっていうのは、ぼくたちと同じように物事を考えると外れるものなのにな。

「時田、いったい何がおかしくてにやにやしてるんだ」

秀美は、いつのまにか自分の口許《くちもと》から笑いのこぼれているのに気付いて慌てた。

「先生の授業がそんなにおかしいか」

「そうじゃないけど」

「じゃあ、なんなんだ」

「なんかおかしくなって。訳わかんないんですけど」

「おまえはいつも、そうやって皆の勉強を邪魔するんだなあ」

「そうかも」

子供たちは、こらえ切れずに一斉《いっせい》に吹き出した。彼らは、こうした授業の中断に飢えていたのだった。大喜びだった。この転校生が、この教室に来たのは、運が良かった。そんなふうに思って、笑い続けていた。子供たちは、いつも、便乗出来る何かを待っていた。

「時田、おまえはもう高学年になったんだぞ」

「はい」

「だったら、それらしい授業態度ってもんがあるだろう」

「わかんないや。先生は、高学年なんですか？」

「どういう意味だ⁉」

「先生の中にも、低学年とか高学年とか、やっぱ、あるでしょ。入ったばかりの先生は低学年でしょ。校長先生とかは、高学年でしょう。そうすると、奥村先生とかは、小学三年とか四年と同じくらいの場所にいる筈《はず》だ。でも、そういう感じじゃない」

「どういう感じだって言うんだ」

　奥村は、怒りのためにこめかみに血管を浮き立たせて、尋ねたが、秀美は、何も答えようとはしなかった。次の言葉を口にしたら、殴られるかもしれないと危惧《きぐ》したのだった。本当は、彼は、こう言いたかったのだ。先生は、高学年のような物知りでもないくせに、ちょっと、態度が大きいや。

　しかし、そう思った後、秀美は、すぐに反省した。時々、自分は、とても意地悪な気持になると彼は感じていた。彼は、幼い頃から、ある種の大人たちが、心ない言葉を自分に向けて投げつける理不尽を味わい続けて来た。それは、父親のいない故の彼の態度についてであり、また、派手好きな母親に関することが多かった。大人たちは、決して、露骨に彼を差別するようなことはなかったが、そのやり方は、余計に、彼の心を痛めつけた。なんて、物の解らない奴らなんだ。彼は、小さな頭で、自分に権利があれば、絶対に奴らを生かしてはおかないのに、と歯がみをした。そのような毎日を過ごして来たために、彼は、心の内の自分の価値観による尺度を、驚く程、早い時期に、隠し持つことが出来たのだった。嫌悪の尺度ばかりを使うことが、自分を幸せな気分に持って行かないのを、母や祖父の姿を見て学んだのは、無意識に、自分を守らなくてはならないと直感した本能故だった。それを冷静に使うことは、彼を聡明《そうめい》な少年に見せたが、時には、子供の肉体がついて行けずに、依怙地な部分を露見させてしまうのだった。

そんな時、彼は、優しくない自分を思う。そして、そんな自分を反省しながらかんがみるのだった。もっとも、それは、すべて勘に基づいたものであり、大人を値踏みし、賞讃《しょうさん》、あるいは、侮蔑《ぶべつ》を持つことも、ほんの一瞬の内に行なわれ、時には、自覚すらもないままの出来事ではあったが。

「説明も出来ないようなことを、無責任に口にするんじゃない、時田、解ったな」

秀美は、やれやれというように頷《うなず》いた後、肩をすくめた。

放課後、秀美が帰り支度をしていると、宮田が彼に声をかけた。

「今日、かっちゃんと三好とおれで、文夫んちに遊びに行くんだぜ。おまえも行く？」

「ほんと？　ぼくも行っていいの？」

「うん、来いよ。文夫のお母さん、いっぱいおやつ作ってくれるんだよ」

秀美は、喜びのあまりに、顔を歪《ゆが》めながら、教科書をランドセルに入れた。友達とようやく連れだって歩けるのが嬉《うれ》しかった。子供たちは、はしゃぎながら校門に向かった。

「時田って、すげえ、おかしいのなあ」

「そうかな。ぼくは、別に、普通だよ」

「変だよ、絶対、おまえ変だよ」

皆が秀美をふざけてつき飛ばし、飛びはねるようにして歩いていた。その時、ひとりで、校門を出て行く赤間ひろ子の姿が秀美の目に入った。

「ねえ、文夫んちって、どこなの？」

「なんで？」

「ぼく、少し後から行くからさ、地図描《か》いてよ」

「変な奴。解りにくいぜえ」

文夫は、鞄《かばん》を支えにして、その上で、乱暴に地図らしきものを描いた。秀美は、それを受け取ると、後で、必ず行くからと言い残して走り去った。残された者たちは、顔を見合わせて、怪訝《けげん》な表情を浮かべた。

秀美は、ようやくひろ子に追いついて肩で息をついた。

「赤間さん、早いんだなあ、歩くの」

ひろ子は、憮然《ぶぜん》とした顔で、秀美をじろじろと見た。

「なんなの？　時田くん、なんで私の後、ついてくるのよ」

秀美は言葉に詰まって頭を掻いた。

「一緒に帰ろうと思って。ぼく転校生で、あんまり親しい人いないし」

「そお？　全員と仲良くなったと思ってたわ。文夫くんたちのグループに入ったんじゃないの？」

「知ってたの？」

「どうせ、そうなると思ってたもん。気が合うよ、あの人たちと時田くんは。あの子たちも、あんたと一緒で、先生に目をつけられてるもん」

「ぼく、先生に目をつけられてるの⁉」

ひろ子は、さも馬鹿馬鹿《ばかばか》しいという目つきで秀美を見た。

「ほんとはうちが見たいんでしょ。誰があの給食のパンを食べてるのか確かめたいんでしょ」

秀美は絶句した。その通りだったからである。確かめたいとまでは思わなかったが、ひろ子の家が、どのような状態なのか知りたくてたまらなかったのだ。自分が力になってあげられるとは夢にも思わなかったが、ひろ子の家の状態を把握《はあく》しておけば、もう彼女を無意識に傷つけてしまうことはないだろうと予感していたのだった。

「おいでよ。うちに寄っていけば？　その代わりびっくりしても知らないよ」

ひろ子は、意地の悪そうな表情を浮かべて、秀美を促した。彼は、ほとんど冒険をするような気分で、ひろ子の後についた。

ひろ子の家は、ごみごみした裏通りにあった。何世帯かの貧しい家族が、身を寄せ合うように家を建てたというようなそんな一画だった。ごみ用のポリバケツが汚れたまま、通りに並んでいた。秀美は、あたりを見渡した。そこには、貧しい故《ゆえ》の小綺麗《こぎれい》さというものは欠片《かけら》もなかった。生活すること自体をあきらめたような気配が漂っていた。

「入れば？」

ひろ子は投げやりにそう言った。秀美は、おそるおそる靴を脱いで、家に入った。

唐紙に描かれたクレヨンの悪戯書《いたずらが》きが、わびしさを漂わせていた。

赤ん坊を寝かしつけていた老婆《ろうば》が驚いたように秀美を見た。秀美は、ぎこちなく頭を下げた。

「おばあちゃん、クラスの友だち、時田くんっていうの」

「あれまあ。知らせといてくれたら、ここをかたしといたのに」

「同じだよ、そんなの」

ひろ子は、そう言って、隣の部屋を覗いた。

「おじいちゃん、ただいま」

布団《ふとん》の敷かれている部屋からは、呻《うめ》き声《ごえ》が聞こえただけだった。秀美は、挨拶をするべくひろ子の側に寄ろうとしたが、止められた。

「無駄だよ。耳もよく聞こえないし、紹介しても、誰だか解らないんだから。もう、ずっと寝たきりでぼけてんの」

秀美は困ったように畳に腰を降ろした。ひろ子の祖母が、のろのろと立ち上がり、お茶をいれ始めた。側では、赤ん坊が寝息をたてていた。

「この赤ちゃん、赤間さんの妹？」

「そうよ。あとお兄ちゃんともうひとり弟がいる。まだ帰って来てないみたい。どうしたの？　びっくりした？　うちお父ちゃんいないんだ。お母ちゃんひとりが働いてるのよ。だから貧乏なの。解った？」

「うん」

「テレビ見る？」

「うん」

二人は、しばらく無言で再放送のドラマを見た。途中、祖母が何度か乾いた笑い声をあげた。台所に立ちながら、画面を覗き込んでいたのだった。

「赤間さん、ごめんね」

秀美は、ぽつりと言った。

「何が？」

「いろんなこと」

「あのさあ。私は、時田くんのそういうとこがやなんだよ。うちが貧乏なのは仕様がないでしょ。私のせいじゃないんだし。頭来ちゃうよ、あんたのそういう態度。あんたは、文夫とかと遊んでいればいいんだよ」

秀美は下を向いた。自分の同情のようなものが、何の役にも立たない感情であるのを思い知らされたのだった。彼は、祖父の言葉を思い出した。同情仮面か。それは、本当に憐《あわ》れむべき人間への芝居である筈なのだ。ひろ子は憐れむべき人ではない。むしろ憐れむべきは自分自身だ。

「時田くん。落ち込んじゃ駄目だよ。あんたのせいでもないんだしさ。子供には、どうにも出来ないことなんだから。私、可哀相《かわいそう》と思われるのやなの。そうされると悲しくなるの」

秀美は、何かを言おうと口を開きかけた。けれど、言葉は見つからず、無言で、ひろ子の祖母のいれたぬるいお茶を啜った。それは、味も香りもないものだったが、お茶を飲むということが、ひろ子の家の習慣としてあることを思い、秀美の心は、少しなごんだ。

「あ、孝二が帰って来た」

ひろ子の言葉に顔を上げると、戸口に彼女の弟が立っているのが見えた。六歳ぐらいだろうか。

「この人、誰？」

「私と同じクラスの子だよ。遊びに来たんだよ。あーあ、孝ちゃん、駄目だよ、また洟《はな》なんかたらして。こっちおいで」

ひろ子は、弟の洟を丁寧に拭き取った。

「あっ、こんなに鼻くそが詰まってる。時田くん、楊子《ようじ》、そこにあるでしょう、ちょっと取ってくれる？」

「楊子で取るの？　危ないんじゃない？」

「いいから。いつも、やってんだから」

「お姉ちゃんは、ぼくの鼻くそ取るの上手《うま》いんだぜ」

秀美は、おそるおそるひろ子に楊子立てを渡した。ひろ子は、孝二の顔を上に向かせて慎重に指先を動かした。

「あ、取れた、取れた」

孝二は、鼻を赤くさせて、何度もまばたきをした。涙がこぼれ落ちた。秀美は、ぼんやりと、その様子を見ながら立ち上がった。

「あれ、時田くん。帰るの？」

「うん。また来る。文夫と約束しちゃったから」

「じゃ、明日、学校でね、バイバーイ」

孝二も姉の真似《まね》をして、バイバーイと叫んだ。秀美は、祖母に挨拶をして外に出た。隣の家の前の欠けた植木鉢《うえきばち》から、朝顔の本葉がのぞいていた。それを見つけた瞬間、秀美は猛烈な勢いで駆け出した。

夕食は、秀美と隆一郎の二人きりだった。秀美は、今日一日の出来事を思い出しながらおかずをつついていた。

「ほら、秀美、ぼろぼろこぼしながら食うんじゃないぞ」

「あ、ごめん」

秀美は、落としたものをつまんで口に放《ほう》り込んだ。今頃、ひろ子の家でも夕食をとっているのだろうか。それとも、母親は、まだ仕事から帰ってはいないのだろうか。

「おじいちゃん、三角形の角を全部足すと百八十度になるの知ってる？」

「む、本当か？」

「知らないの⁉」

「ふふ、知っているぞ。無学の振りをしたのだ。どうだ、驚いたか」

秀美は、溜息《ためいき》をついて煮魚やマカロニサラダの並んだ食卓を見詰めた。うちも貧乏だけど、どうも、赤間ひろ子の家のそれとは種類が違うようだと彼は思った。

「今日、赤間さんち行って来たんだよ」

「ほお、それで少し遅かったのか」

「違うよ。その後、文夫の家にも行ったんだよ」

秀美は、ひろ子の家の様子やそこで自分の感じたことなどを、事細かに話した。隆一郎は、興味深そうに耳を傾けていた。

「なんて言うか。うちってふざけてるじゃない？　赤間さんちには、そういうとこないんだよなあ。あの家のあたりって、全体的におんなじような気がした。狭いとこに押し込められてるような。ああいうとこって、初めて見た」

「昔の日本は、そんなもんだったぞ」

「今は、もう昔と違うもん。ねえ、おじいちゃん、ぼくお節介やこうとした訳じゃないんだけど、ついてっちゃった。行かなかった方が良かったと思う？」

「さあね。そういううちもあることを知ったんだ。別に悪かないだろう。そのことで、赤間さんに嫌な気持を持った訳じゃなし。知らないよりは知っている方が後で役に立つ。だけどなあ、赤間さんのような家は、赤間さんちだけじゃないぞ。そういう家はいっぱいある。それなのに、赤間さんは赤間さんだけしかいないんだ。それで十分じゃないのかな」

秀美は混乱したように隆一郎を見た。いったい、おじいちゃんは何を言おうとしているのだろう。貧しい家庭は少しも珍しくないと言おうとしているのかな？　それとも、ぼくには、どちらにしろ何もしてあげることは出来ないとでも？

「ぼくが可哀相だなんて思っちゃいけないの？」

「人は、それぞれに可哀相なとこあるぞ。おまえのことだって、可哀相だと思ってる人もいるかもわからん。その人が、おまえに、可哀相ねえって言ったらどういう気がする？」

「絶対に、やだ!!」

「ほら、その言葉、不適当じゃないか。いいかい、他人に可哀相という言葉を使う時、それを相手が望んでるかどうかを見極めなきゃ。たいていの場合、それは、相手をくじけさせる」

「うん。でも、くじけさせない時もあるんでしょ？」

「そう。それが気持良く心に入って来て、うっとりすることもある。男と女のこととかな。ほっほっほっほ」

秀美は、さも嬉しそうに笑う隆一郎を、薄気味悪いものを見るように、唖然《あぜん》としてながめていた。

「あらあ、仲の良いおじいちゃんとお孫さんだこと。お話に夢中で、お出迎えもなし？」

いつのまにか、仁子が戻って来て、秀美の肩を後ろから抱いた。秀美は、突然、頬に当たったイヤリングの冷たさに、身震いしながら、仁子の手を振りほどいた。

「今、おじいちゃんと、真面目《まじめ》な話してたんだからね。酔っ払いは仲間に入れたくないんだよ」

仁子は、肩をすくめて、秀美から離れた。

「けちねえ、近頃の子供って。ねえ。今日、誰と飲んで来たと思う？　当たったら百万円あげるよ」

「そんな金ないくせに。ぼく、母さんが誰と飲んだくれようと、全然、興味ないよ」

「冷たいなあ。なんと、なんと、あんたの担任の奥村さんと軽く一杯やったんだぞ」

秀美は、うんざりしたように、横目で仁子を見た。仁子は、上着を脱ぎ、ブラシで埃《ほこり》を払いながら、そんな秀美を茶化すように言った。

「神田の書店で、会ったのよ、偶然。で、食事の約束まで時間あったからさ、山の上ホテルのバーに誘ったのよ」

「先生を時間つなぎに使ったの？」

「やあだ、そんなんじゃないわよ。個別懇談よ。でもさ、奥村先生って、かたぶつだけど、あんたが言う程、やな奴《やつ》じゃないわよ。あの人は、単に、学校以外の世界を知らないだけ。苦労を知らないだけなのよ。私、気に入ったわ。優等生で、ちっとも粋《いき》じゃないけど、その可哀相なとこが、結構、魅力だったりなんかして、きゃはははは」

秀美と隆一郎は顔を見合わせた。秀美はあきれ果てて言葉も出ない程だったが、隆一郎は、にこやかに何度も頷いていた。

その夜以来、奥村は、日に幾度となく仁子のことを思い出すようになった。書店で声をかけられ、振り向いた時に視界に飛び込んで来た印象は、初めて個別懇談の時に受けたものと同じだった。彼は、ぼんやりとしている時、誰もがそうであるように、自分が生きて呼吸していることなど忘れているのだが、仁子は、常に、息づかいというものを思い出させて、彼をどきりとさせるのだった。

「奥村さん、何を読んでらっしゃるの？　あ、この翻訳は良くないわ。うちの社の改訂版の方が、新しいわよ」

仁子はいきなり、奥村の手から、立ち読みしていた本を取り上げ棚《たな》の上に戻してしまった。そして、店員にあれこれと尋ね、捜し出させた自分の会社の本を奥村に買わせてしまったのだった。

「ずい分と強引な方ですね」

「あ、そうそう、皆、そう言うのよ。でも、絶対に、そっちの方が良いわよ。ところで、奥村さん、一杯、つき合ってくださらない？　行きましょう。おいしいお酒を飲みに」

そう言うと、奥村の返事も聞かずに、仁子は歩き出した。奥村は、それに引きずられるように後について行った。思い出しても、何故、断わらずについて行ったのか解らない。まるで、当然のことのように思えた。一杯の酒という言葉が、素晴しいもののように、彼の耳に注ぎ込まれたのだった。

バーのカウンターに腰を降ろした後、仁子は、改めて奥村の目を見詰めた。

「私のような人間を、あなたは苦手だと思うけど、偏見持つのは止めようよ。何をいただく?」

「何をって?」

「飲み物よ」

気が付くと、奥村は、バーのスツールに慣れたように腰を降ろしていたのだった。彼は慌てて、仁子と同じものを頼んだ。

「最近、秀美は学校でどう?」

「どうって……相変わらず変なことを口ばしったり、私の言うことを無視したりしていますよ。先生は、教師の中では、三、四年生の場所にいると言ったり」

「あはは、ごめんなさい、笑ったりして。奥村さんが偉そうにしてるって言いたかったんじゃないの?」

「偉そう? 冗談じゃない。ぼくは、いや、私は、教師として、子供たちのことを考えてますよ、親身になってね」

仁子は、首を傾けて、愉快そうに奥村を見ていた。

「あなたは、教育ということに関して素人《しろうと》だから解らないかもしれないが、小学生の児童なんて、まだ人格が出来上がってないんです。今の内に、きちんと物事を教えて置かないと、その後、苦労することになる。ぼくは、時に憎まれ役になってもいいと思っています。後々、それが役立ったと思う日が、きっと来る」

仁子は、奥村に断わって、煙草《たばこ》に火を点《つ》けた。そして、おいしそうに一服した後、口を開いた。

「私は、教師の教えたことで、役立ったと思ったこと、あんまりないわ。勉強のことでなく、精神面でのことだけど。後で苦労したっていいじゃない。痛い目にあわなきゃ学べないこと、沢山あるわ」

「誰でも、あなたのように思うとは限りませんよ、時田さん」

「そうね。でも、あなたのように誰もが思うとも限らないわよ」

「困った人だな。秀美くんは、あなたに似てしまったようだ」

「そんなことないわ。あの子はあの子よ。奥村さんは、私を素人と呼んだけど、そうでもないわ。私は、秀美を、素敵な男性に育てたい。大人の女の立場から言わせてもらうと、社会から外れないように外れないように怯えて、自分自身の価値観をそこにゆだねてる男って、ちっとも魅力ないわ。そそられないわ。私は、秀美を不良少年にしたいとは思わない。だって、ださいもん。でもね、自分は、自分であるってことを解っている人間にしたいの。人と同じ部分も、違う部分も素直に認めるような人になってもらいたい。確かに、あの子は、まだ子供。でも、何かが起こった時に、それを疑問に思う気持を忘れて欲しくないのよ」

「でも、それは、授業をやりにくくすることとは違うでしょう」

「実際、そんなに、授業を中断させたりしているんですか？」

奥村は言葉に詰まった。中断させられるのは常に、教える側の自分だった。秀美を見る時の苛立《いらだ》ちが、彼から平静さを奪うのだった。

「素直な子供たちに悪い影響を与えるくらいには、邪魔をしています」

「なーんだか変なの。治安維持法とかあるんですか？　あなたのクラスには。奥村さん、子供を見くびっちゃいけないわよ。子供ってそんなに馬鹿じゃないのよ」

仁子は、飲み物のおかわりを頼んだ。奥村は尋ねられ、彼も、二杯目を注文した。酔いが体じゅうに染《し》み込み始めた。彼は、仁子を見た。彼女が、仕立ての良い絹のシャツを着ていることに、彼はようやく気付いた。

「なんで、ぼくは、ここで、こんなことを話しているんだろう」

仁子は、意味ありげに微笑して言った。

「そうしたかったからに違いないわ」

「そうでしょうか」

「そうよ。私とお喋《しゃべ》りしたかったのよ。あなたが教育熱心なのは良く解るわ。でもね、それだけじゃつまらない。いい？　子供は、つまらない人間を決して好きにならないわ。さっき書店で、あなたの買ってた本を見たけど、すごく読書の趣味がいいと思う。そういうことを子供たちに示してあげたらいいと思う。実感のない言葉は、人の心を打たないわよ。ねえ、思い出してみて。あなたに影響を与えた先生は、どんな人たちだった？」

彼は、唇《くちびる》を噛《か》んだ。思い当たらないのだった。と、いうより、彼は、誰からも気持を乱されたくないあまりに、外側からの刺激を拒み続けた少年時代を送ったのだった。

「いないな。ぼくに影響を与えたのは、学生時代の友人や恋人とかだけだ。でもね、だからこそ、ぼくは影響を教え子たちに与えたいと思ったんだ。ぼくの描く理想の教師になりたいんだ」

「可哀相な人」

仁子は、そう言って、奥村の腕に自分の手をかけた。奥村は、それを心地良く受け止めた。心が騒ぐようなことはなかった。彼は、なんだか、男の友人に気を許しているような気持になっていたのだ。子供が、そんなに馬鹿じゃないというのは、自分にも解っている。誤った動物的直感に身をまかせてしまう前に、救ってあげたいと彼は願っているのだ。だからこそ、正しいことを教えて置きたいと彼は願っている。救う？　そうだ。自分は、幼い頃、救われることを拒否していたのではなかったか。それと同時に、自分を救いたいと思う人間を卑屈に切望していたのではなかったか。

「ぼくは、何も、熱血教師になろうとしているんじゃないんだ。正しいことを教えたいと思っているだけなんだ」

「解るわ。でも、それが教師による必要があるかしら。もちろん、本当の意味でそれの出来る教師がいれば、それにこしたことはないけど」

奥村は溜息をついた。彼は、自分が受け持っている子供の父兄といることなど、とうに忘れていた。酔いのせいだろうか。それとも、目の前にいるこの女が、自分の感情を外に流してくれているのだろうか。どちらでもないような気がする。彼は、学生時代、友人たちと夜を徹して議論を戦わせた時のことを思い出していた。その時、彼は、自分を優れた何かであるのを証明したいとやっきになり、そして失敗し、敗北感の前にひれ伏したものだ。それは、奇妙にも心地良い敗北だった。自分が何者でもないと思い知るのは、何にも増して清々《すがすが》しいと感じたのだった。

「ねえ、本の話でもしましょうよ。フランスの文学はお好き？」

奥村は、仁子の声に我に返って顔を上げた。絹のシャツの皺《しわ》は、とろりと流れるように酒のグラスに続き、それは、とても美しく彼の瞳《ひとみ》に映った。話をしよう、と彼は思った。自分を今さら変えることなど、もう出来ない。けれども、とりあえず話をしよう。彼は、そう思った。

あの時のことを思い出すと、苦笑に似たものが湧《わ》いて来て、奥村の唇を歪ませるのだった。あの夜、たった二杯のジン・トニックで、彼は、ほろ酔い気分になった。酔ったのは酒のせいだけではなかったかもしれない。何かが彼の冷静さを失わせたのだ。そう思うと、なんだか感傷的な気分になって来る。あんな感覚は忘れていたと彼は思う。時田仁子は、魅力的な人間だと彼は感じている。話し過ぎるけれども嫌ではない。それは、彼女が、生徒の母親でも、独身の女でも、あの時、なかったからだ。今、冷静に考えると、彼女が秀美の母親であるという事実がよみがえって来る。まるで、男同士のように話し続けた自分が、恥しいような気分になって来る。

そんなことを思っていると始業時間のチャイムが鳴り、奥村は、慌《あわ》てて職員室を出た。どうも、あれ以来、ぼんやり考えごとをする癖がついてしまったようだと彼は思った。今日、明日じゅうに、遠足の班を決めてしまわなくてはいけないのに、どうかしてる。彼は、気持を引き締めながら、教室に急いだ。

戸を開けると、秀美が机の上に座って、何か得意そうに話しているのが見えた。奥村は、怒りがこみ上げるのを抑えながら、秀美に近付いた。

「時田、チャイムはとっくに鳴ったんだぞ」

教室内のざわめきは、奥村が来るのと同時に収まっていたが、後ろ向きで話に熱中している秀美は気付かなかったのだ。秀美は、ばつの悪そうな表情を浮かべて椅子に座ろうとしたが、奥村は、そうさせなかった。

「何をそんなに得意そうに話してたんだ、えっ⁉　おまえは、クラスに慣れて来てすっかりいい気になってるな」

「そんなことない」

「何を話してたんだ⁉」

秀美は、下を向いてしばらくもじもじしていたが、やがて、顔を上げてきっぱりと答えた。

「赤間さんとか、ぼくとかに、お父さんがいないのは、いいことに違いないって話してたんです」

「おまえは、そういうことを自慢して楽しいのか⁉」

奥村は、手を上げてしまいそうになる自分を必死に制した。

「別に自慢してたんじゃない。お父さんがいないのはすごく嫌だ。なんか間違うと、すぐにそのせいにされるもん。なんか、痛いとこつかれたって気持がします。でも、ぼく、宮田くんと三角定規で決闘してて、とんがった角度のところが手に当たって、すげえ痛かった。でも、その時、ひらめいたんです」

また屁理屈《へりくつ》か、とうんざりして、奥村は、先を促した。

「同じなんです。お父さんがいないって思うために心が痛いってのと。先生、三角形の三つの角を足すと百八十度になるでしょ。まっすぐです。痛い角が三つ集まるとまっすぐになれるんです。六つ集まったら、三百六十度になるんだ。まん丸です。もう痛い角は失《な》くなってしまうんです。ぼくとか赤間さんとかは、もう一個目の角を持ってるんだ。他の人よか早く、まっすぐやまん丸になれるんです。まん丸ってすごいですよ。だって、地球だって本当は丸いんだぜ」

奥村は、秀美の言葉に何と返して良いのか解らず、咳払《せきばら》いをした。

「もういい。時田の言うことは解った。無駄話《むだばなし》は止めて、座りなさい」

「無駄話なんかじゃないや!! ぼくにとっては大問題だ」

「解った、解った」

秀美は、顔を真っ赤にして叫んだ。

「先生!! ぼくの言うことを無視するんですか⁉」

その瞬間、赤間ひろ子が、机につっ伏して大声で泣き始めた。思わぬ成り行きに、奥村は慌てた。

「どうしたって言うんだ、いったい。誰か、赤間や時田にお父さんのいないことを笑ったりしたのか?」

「そうじゃないや。でも、そういう時だってある。これからそうなるかもしれない。ぼくたちは、角を持ってるって言いたかっただけなんだ。分度器でちゃんと計んなくたって、その内、まっすぐやまん丸になって、それが失くなっちゃうってことを知らせたかっただけなんだ」

秀美は、そう言って洟を啜《すす》り上げた。教室じゅうがしんとして、ひろ子の泣き声だけが、響き渡っていた。奥村は、呆然《ぼうぜん》と立ち尽くしていた。いったい、どうやって、この子供たちを救えば良いと言うのだ。救って欲しいのは、今、まさに自分自身ではないか。

「……これでは授業にならない。皆、どうしたいんだ。国語の時間を、今日は、皆にあげよう。何がしたいんだ」

誰もが一斉《いっせい》に目を輝かせた。赤間ひろ子も涙でぐしょぐしょになった顔を上げた。皆、この贈り物のような一時間をどうするか、隣同士で相談を始めた。しかし、このような出来事に慣れていない子供たちは、具体的に、何をするかを決めるのに苦労していた。

「多摩川べりにでも行って遊ぶか。天気もいいし」

やけになって出た奥村の提案に、皆、手を叩《たた》いて賛成した。もちろん、秀美も大喜びだった。

「道を歩く時は、二列より多くならないように。右側通行、列を乱さないこと。解ったら支度をしなさい」

子供たちが立ち上がり、椅子を引く音や笑い声があふれた。奥村は、溜息をついて彼らを見守っていた。秀美が、何人かのグループと連れ立って外に行くのが見えた。うんざりだ、あの子供には、まったく。奥村は、仁子を思い出した。彼女の好ましい物言いと、仕草。あの息子も、さっさと大人になって欲しいものだと奥村は思った。遠足では、また騒動を巻き起こすだろう。なんと言っても、行き先は海辺なのだ。百八十度の水平線の続く海岸なのだ。やれやれ。奥村は、子供たちの引率をするべく重い腰を上げた。夏の気配を感じさせるような暑い日。彼らは、いったい、河原で何を見つけ出すことやら。

解説

「ぼくは勉強ができない」で勉強してきた

綿矢りさ

心から従順であるためには、自分の考えを持たないこと。学生時代、自分では気づいてなかったけど無意識の範疇で大人に気に入られたいがための縛りが心と身体をがんじがらめにしていたから、本作の主人公時田秀美くんはどんな不良よりもとんでもなく見えた。ぐれて反抗し両親や教師に反発するために、もしくは他の大人しい灰色にくすんでいる生徒たちに差をつけるために、校則違反や夜の遊びにふける子は注意しやすい。しかし時田くんは一本筋の通った自分の考えに、大人が長年の人生経験を経て凝り固まってしまった偏見を遠慮なくぶつけたときに牙をむく。

彼は頭の回転の遅い女の子がなぜクラス委員になってはいけないのか、父親のいない自分はなぜ不幸だと決めつけられなければいけないのか、なぜ高校生が好きな女性と付き合っているだけで不純異性交遊と言われなければいけないのか、と何も間違っていない、素朴な疑問を教師にぶつける。しかし彼のそんな質問こそ教師を激怒させ、平手打ちが飛ぶ。読んでいる側とすれば彼の気持ちも分かるし、意外にも堅物な教師の気持ちもよく分かる。時田くんと同じ年齢の高校生で本書を読んだとき、彼の発言を読むたびに「あーあ、言っちゃった」とドキドキした。彼は私やほかの生徒の気持ちを代弁していた。〝ぼくは勉強ができない〟、本当はどの生徒だって素直に言えばそうなのだ。自己紹介のとき堂々と宣言してもいいほど、誰だって勉強ができない。だって高校でまだ学んでいるさいちゅうなのだから、これから学ぶ知識について自分が理解できるか不安もある。また得意な科目はあっても、全教科どれも優秀でいられるプレゼントを神様がくれたわけでもない。本書がいつまでも学生の心を摑んで離さないのは、この題名の素直さが彼らを引き寄せているのだと思う。時田くんの肩ひじの張らない、へらへらした陽気な性格が読者をくつろがせ、彼のゆるぎない価値観が読者を緊張させ、彼のまっすぐな疑問に対しての答えをあれこれと考えさせる。

大人になってから時田くんの発言を読むと「確かに彼の言う通りだ。でもその問題を解決するにはとても時間がかかる。終わりの会を、ホームルームを何回開いても、生徒たちがいくつ意見を言っても、根本的には解決しないだろう」と思う。学校の教師が素朴な疑問に一つ一つ答えられず、かつストレスフルな職業なのは、学生時代には知らず、大人になってから知った。教師の友達もいる。毎日規則正しく業務をこなしても終わらない仕事が積み重なってゆくなかで、さらにアクシデントがあれば猫の手も借りたいほどの多忙さだろう。生徒は突飛な発言をせず、良い子で従順でいてくれた方が助かるに決まっている。なにか不満や事件があり、解決役になってくれと生徒に泣きつかれたなら教師もやりがいを感じ奮起する。しかし時田くんの反抗、というか主張は、大人の考え方を根幹から揺るがす、向き合うといままでの人生の色んな局面を反省しなければならないような、なんとなく人を不安にさせる質問だ。偏見に支えられている大人は多い。世の中こんなもんだと無理やり納得してきたからこそ、理不尽な努力を強いられても頑張ってやってこれた経験もある。

本書にはたくさんの魅力的な登場人物が出てくるが、最後近くに登場した、授業中に先生に当てられたとき、わざととちって自分の可愛らしさを演出する女子山野さんが強烈に印象に残っている。あざとい、ぶりっこ、一言で片づけられてしまいがちなタイプの女の子だが山野さんはそんじょそこらのモテたいだけの女子とレベルが違っている。まず清純派っぽく本当に可愛いこと、次に自分だけでなく自分の周りの背景まで演出に使うところだ。彼女は校内の自分がきれいに見える紫陽花が美しいスポットまで、お目当ての時田くんを連れて行って「大切な話」を聞こうとする。時田くんの目的は友達の恋心を伝える役目で山野さんは予想外の心痛に耐えるが、そのときの歯で唇を噛む表情も「計算しつくされてるのではないか」と時田くんにするどく見抜かれている。媚び媚び女子と素のまま女子、女どうしの対決は小説でも漫画でもくり広げられているが、媚び媚び女子とちょいチャラ男子の正面対決はあまり見かけない。

「ぼくは、人に好かれようと姑息に努力する人を見ると困っちゃうたちなんだ」

と正直に山野さんの印象の不自然さを面と向かって告げる時田くんには、読んでいても冷や汗が流れた。まるで野に咲く花のように生まれついての可憐を演じている少女には、真っ直ぐすぎる刃だ。「姑息に」という言葉の使い方が効いている、異性の同年代にこんな貧乏くさく自分の本性をぴたりと言い当てられては、しかもそれが好きな男子からの言葉とあっては、普通の女子なら完全にノックアウトされて不登校にさえなりかねない。

しかし山野さんは即座に激怒して彼の頬をひっぱたく。「何よ、あんただって、私と一緒じゃない。自然体っていう演技してるわよ。本当は、自分だって、ほかの人とは違う何か特別なものを持ってるって思ってるくせに」と逆に時田くんにぐんぐん辛辣な言葉を吐く。私はこの山野さんのスピーディな変わり身の速さが、なんともいえず好きだ。男に好まれるからと石鹼の香りを漂わせる女だと時田くんに表現された彼女は、自分の媚びをとことん自覚していた。時田くんの指摘にすぐさま反撃した理解能力と反射神経の速さ、これは彼女がずいぶん自覚的に自分を演じていた、日常生活すべて嘘の媚びでぬり固めていた証拠にほかならない。時田くんの攻撃に気づかないふりしてとぼけるわけでも、「そんなつもりなかった」と泣いてみせるでもなく「私は、人に愛される自分てのが好みなのよ。そういう演技を追求するのが大好きなの。中途半端に自由ぶってんじゃないわよ」と開き直ってタンカを切れる技は、ただのぶりっこ女子ではないほとんど女優としての心意気に比肩する凄みを感じる。清純派の見た目と中身のギャップが激しくて、こんな子が同じ学年にいたら絶対敵にも友達にもなりたくないなぁと当時高校生だった私は恐れおののいた。

時田秀美くんは著者にとっても思い出深い登場人物だったようで、山田詠美さんの新作「賢者の愛」には成長して編集者となった彼が、高校時代の魅力的な面影そのままに登場している。母親と同じ編集者になったのか、と感慨深くなるが、年上のフェロモンあふれる女性といるのが妙に似合う点も変わっていなくて、彼が彼の良い部分を損なわずに成長したのが分かってうれしい。本書の「賢者の皮むき」の章で時田くんは「ぼくのおかしな自意識も皮むきで削り取ることが出来れば良いのに」と考える。しかし自分はまだそれを手にすることができない、とも彼は考える。

山野さんを嫌いだと口にしなくなったとき、皮むき器を手に入れられるかもしれない。彼はとりあえずそんな結論に行きつくが、非常に難しい高度なことを考えていて、彼が勉強はできなくても本質的な道徳、というか人間の精神の潔さ、高潔さについて真面目に考え一筋縄ではいかない結論を導き出せることを示唆している。時田くんの考えていることが正しいと、たくさんの言葉で説明してもらわなくても伝わる。食事のマナーについて、ほかの人のマナー違反を指摘しないのが大切なマナー、と知ったときと同じ腑に落ちた感じがあった。誰かの化けの皮を見抜いたとき、人は得意な気分になる。相手が稚拙で自分の方がその点について勝っていると上位にたてる。しかし天狗にならずに優劣の順位を意識しなくなったときに初めて、〝勝った〟ではなく〝解き放たれる〟。偉くなりたいとか良い暮らしをしたいとか、あまりにも具体的すぎる将来の夢ばかりを実現しようと躍起になるのが大人だと、いつしか思い込んでいたが、本書を読み直して時田くんがまっすぐな心で目指したような、精神の洗いざらし、偏見も優劣もない、さっぱりした解放感を真摯に勉強する強さを、どんな歳になっても持ち続けていきたい。

青年期に読んでいた本書を今となって読み返すと、小説と自分との間の距離がまったく無い、小説を信じきっていた時代があったんだと気づかずにはいられない。「ぼくは勉強ができない」は私にとって他の科目と並ぶ「美学」という科目の教科書で、ただ勉強するだけでは得られない、個人がどう世の中を粋に生きてゆくか決めるスタンスを教えてくれた。まったくの血肉となって現在でも身体のなかで息づいている。以前、人間は実は二十五時間サイクルで生きているから、いまの二十四時間で動く世の中に合わせるために、余分な一時間をなんとかやり過ごさなくてはならない、という話を友達としたのだけど、どこから得た知識なのかすっかり忘れていた。本書を読んで、時田くんの友達が不眠症で二十五時間のサイクルについて話していたのだと記憶が甦り、脳のなかに組み込まれている本書の印象の強さを思い知った。生き方、知識、残りは文体や言葉の使い方だ。難しい言葉は使われてない、そぼくな語り口であるにもかかわらず、本書の文章のリズムやそこはかとなく大人の甘い香水の匂いが香る表現描写、ひそやかな罪の意識は、ただ読んでるだけで乗りうつる。小説を書く友人たちと本書や山田詠美さんの他作品で際限なく盛り上がれるのはもちろん、高校生のときは同級生が山田作品を読んだあと「エイミー風」の雰囲気の色香を即座に漂わせるようになった場面にも出くわした。勉強でもお金でも得られない、人間の内部から醸し出されるお香のようなアトモスフィアについて、山田さんの作品で習わなければ、私たちはどこで習えばいいのだろう？ファッション誌にも他の小説にも載っていない、服や香水やアクセサリを身にまとうだけでは発生しない、好きな男性や周りの人々だけでなく、本人も存分に酔いしれることが可能な魔法について、丁寧な言葉で教えてくれる教科書に、ほかのどこででも出会えない。口承文學なんてパソコンでなんでもすぐ保存できる世の中ではもう絶滅してしまったけれど、本書は物語だけでなく生き方や語り口そのものを伝承している。時田くんの独特な思考、残酷なまでの正直さ、彼の周りの彼と違う種類の生き方を選びつつも素敵な人たちは、生身の人間かそれ以上に、私に長きにわたって影響を与え続けている。

（作家）

一次文庫　一九九六年三月新潮文庫

文春文庫

ぼくは勉強《べんきよう》ができない

定価はカバーに
表示してあります

2015年5月10日　第1刷

著　者　山《やま》田《だ》詠《えい》美《み》
発行者　羽鳥好之
発行所　株式会社　文藝春秋

東京都千代田区紀尾井町 3-23　〒102-8008
TEL 03・3265・1211
文藝春秋ホームページ　http://www.bunshun.co.jp

落丁、乱丁本は、お手数ですが小社製作部宛お送り下さい。送料小社負担でお取替致します。

印刷・凸版印刷　製本・加藤製本

Printed in Japan
ISBN978-4-16-790361-9